Genesis

Das Ende der Menschheit?

von

Patrick Sánchez Beyrer

Impressum

Autorin/Autor:
Patrick Sánchez Beyrer
Magirus-Deutz-Straße 12
89077 Ulm

Verantwortlich für den Inhalt nach § 55 Abs. 2 RStV:
Patrick Sánchez Beyrer
(Anschrift wie oben)

Kapitel 1

-

Der Durchbruch

Wir schreiben das Jahr 2025. Die Welt, wie wir sie kannten, hat sich verändert – nicht durch den langsamen Zerfall, den man kommen sah, sondern durch die plötzliche Erkenntnis, dass es so nicht weitergeht. Ich wusste, dass ich die Lösung hatte. Nur eines war mir nicht klar: In welchem Moment ich mich von Retter zu Gejagtem wandeln würde.

Santiago Sánchez lehnte sich in seinem Stuhl zurück, der Bildschirm vor ihm erleuchtet sein Gesicht in einem fahlen Blau. Die Ergebnisse waren eindeutig. Perfektion. Das Genom, das er über Jahre hinweg erforscht und Stück für Stück optimiert hatte, reagierte endlich wie erhofft. Der Schlüssel zur Rettung des Planeten lag nicht in erneuerbaren Energien, politischen Appellen oder Aufklärungsprogrammen – es war in uns selbst. Er hatte eine Methode entwickelt, die DNA des Menschen so anzupassen, dass Gier, Zerstörungstrieb und Kurzsichtigkeit überwunden werden konnten. Eine neue Spezies. Menschlicher als der Mensch selbst.

"Es ist geschafft." Seine Worte hallten leise durch das Labor, in dem er oft tagelang eingeschlossen war. Kein Team, keine Ablenkungen. Nur er und die Wissenschaft.

Und jetzt?

Santiago atmete tief ein und griff nach seinem Diktiergerät, einem altmodischen Gerät, das er absichtlich benutzt hatte. "Memo an mich selbst. Projekt Gaia ist abgeschlossen. Formel markiert als 'Genesis'.

Die Simulationen bestätigen es: Es funktioniert. Erste Tests an Freiwilligen könnten innerhalb eines Monats beginnen." Er drückte auf Stopp, schob das Gerät in die Schublade seines Schreibtischs und ließ sich zurückfallen.

Die Euphorie war nur von kurzer Dauer.

Ein lautes Klirren von Glas ließ ihn aufspringen. Es kam von der Eingangstür seines Labors. Reflexartig griff Santiago nach seinem Smartphone und aktivierte die Sicherheitskameras. Auf den Bildschirmen erschienen drei maskierte Gestalten, schwarz gekleidet und mit schallgedämpften Waffen bewaffnet.

Santiago kannte diesen Moment aus unzähligen Albträumen. Er wusste, dass dieser Tag kommen würde, aber er hatte gehofft, er könnte ihn hinauszögern.

"Los, beweg dich!" Er griff nach einem kleinen USB-Stick, der in einem Fach unter dem Tisch verborgen lag, und steckte ihn in seine Brusttasche. Die Formel. Die Zukunft der Menschheit. Seine Finger zitterten, während er das Fach wieder verschloss.

Die Männer drangen in das Labor ein, jede Bewegung geschmeidig und präzise. Dies waren keine gewöhnlichen Kriminellen. Santiago erkannte sofort, dass sie von einer Organisation kamen, die er in den letzten Jahren immer wieder vermutet hatte. Mächtig, global, ungreifbar.

Sol Invictus.

Er wusste, dass er keine Chance hatte, ihnen zu entkommen. Aber er hatte einen Plan – einen letzten verzweifelten Trick.

"Willkommen, meine Herren", sagte er laut, während die Schritte immer näherkamen. "Sie haben vielleicht das letzte Kapitel der Menschheit betreten. Aber nicht das, das Sie sich vorgestellt haben."

Plötzlich ertönte ein ohrenbetäubender Alarm. Die Männer blieben stehen, irritiert von den blitzenden roten Lichtern. In der Verwirrung entglitt Santiago den Blicken der Männer.

Die Männer reagierten schnell. Einer hob eine Hand, gab wortlos Befehle, während die anderen sich aufteilten, die Waffe stets im Anschlag. Santiago wusste, dass er nur wenige Sekunden hatte. Er huschte durch eine unscheinbare Tür an der Rückseite des Labors – ein Fluchtweg, den er selbst entworfen hatte, als er das Gebäude übernahm. Ein schmaler Korridor führte zu einem geheimen Ausgang, verborgen hinter einer dicken Schicht Beton.

Mit zitternden Händen zog er die Sicherheitskarte aus seiner Tasche und schob sie in den Schlitz neben der massiven Stahltür. Sie glitt leise auf. Santiago wagte einen Blick über die Schulter. Schritte. Nahe. Zu nahe.

Die Tür schloss sich hinter ihm, als er durch den dunklen Tunnel rannte. Die schweren Stiefel der Angreifer hallten wie Donnerschläge hinter ihm wider.

Das schaffen sie nicht, nicht hier drin. Es ist zu kompliziert. Es ist mein Labyrinth.

Er wiederholte diese Worte in Gedanken, wie ein Mantra, aber die Wahrheit war: Er hatte keine Ahnung, wie lange er sie aufhalten konnte. Jede Sekunde zählte.

Dr. Dragica Kovaćević trat aus dem Polizeifahrzeug und strich sich eine Strähne ihres dunklen Haars aus dem Gesicht. Die warme Abendluft von Dubrovnik war schwer, aber sie war an die Hitze gewohnt. Die Nachricht, die sie hergerufen hatte, war allerdings ungewöhnlich genug, um sie aus ihrem Feierabend zu reißen.

„Was haben wir?" fragte sie, als sie sich dem Tatort näherte.

Ein Kollege, ein junger Kriminalbeamter, der noch unsicher in seinen Bewegungen war, trat zögernd vor. „Explosion. Ein Labor, abgelegen. Es gehört... gehörte einem Wissenschaftler, einem gewissen Santiago Sánchez."

Der Name sagte ihr nichts, aber der Ausdruck in den Augen des Beamten ließ sie aufhorchen. „Geht weiter", drängte sie.

„Die Überreste... sind minimal. Kein Körper. Nur... Blutspuren. Und –" Er hielt inne, als suchte er nach den richtigen Worten. „Es wirkt inszeniert."

Dragica kniff die Augen zusammen, während sie sich den rauchenden Trümmern näherte. Der metallische Geruch von verbranntem Plastik und Chemikalien vermischte sich mit der warmen Abendluft. Die Szene war chaotisch: zerborstene Fensterscheiben, Rußspuren, und überall verstreut, was einmal hochmoderne Technologie gewesen war.

„Wer hat die Explosion gemeldet?" fragte sie, während sie sich tiefer in die Ruinen wagte.

„Niemand. Eine automatische Benachrichtigung durch das interne Sicherheitssystem des Labors. Es hat uns direkt die Koordinaten geschickt."

Das ließ Dragica stutzen. „Das Sicherheitssystem hat also trotz der Zerstörung funktioniert?"

Der Beamte nickte. „Ja. Fast so, als wäre es geplant gewesen."

Dragica musterte die Überreste. Sie konnte das Gefühl nicht abschütteln, dass etwas hier nicht stimmte. Die Daten, die man ihr vorab geschickt hatte, wiesen darauf hin, dass Santiago Sánchez ein brillanter, wenn auch umstrittener Wissenschaftler war. Genetische Forschung, kontroverse Experimente. Aber niemand hatte erwartet, dass er plötzlich Opfer eines Angriffs werden würde.

„Wir haben einen Hinweis gefunden, Dr. Kovaćević", sagte ein anderer Beamter und reichte ihr einen Beutel. Darin befand sich ein kleines, altmodisches Diktiergerät, leicht beschädigt, aber intakt.

Sie nahm es entgegen, untersuchte es kurz und nickte. „Gut. Bringen Sie es ins Labor und lassen Sie es analysieren."

Ein seltsames Gefühl beschlich sie, als sie das Gerät in den Händen hielt. Es fühlte sich fast... persönlich an, als wäre es eine Nachricht, die nur für sie bestimmt war.

Dragica beobachtete, wie die Techniker die Überreste des Labors systematisch untersuchten. Doch ihre

Aufmerksamkeit kehrte immer wieder zu dem Diktiergerät zurück. Etwas daran zog sie in seinen Bann.

Es fühlte sich an, als wäre dieses Objekt der Schlüssel zu einem Rätsel, das noch niemand erkannt hatte.

„Ich nehme das selbst mit," sagte sie schließlich zu dem Beamten, der das Gerät für die Analyse abtransportieren wollte. „Ich werde es mir ansehen."

Der junge Mann nickte, überrascht, widersprach aber nicht. Dragica war bekannt für ihre unkonventionelle Herangehensweise. Mit einem knappen Nicken machte sie sich auf den Weg zu ihrem Wagen.

Im Schutz der Dunkelheit, in ihrer kleinen, funktionalen Wohnung im Herzen Dubrovniks, setzte sie sich an ihren Schreibtisch. Sie zögerte einen Moment, dann drückte sie die Wiedergabetaste des Diktiergeräts.

Die Stimme, die erklang, war tief, leicht rau, und hatte einen melodischen Klang, den sie nicht erwartet hatte.

„Memo an mich selbst. Projekt Gaia ist abgeschlossen. Formel markiert als ‚Genesis'."

Dragica hielt den Atem an. Die Stimme sprach von Simulationen, einer neuen Spezies und einer Lösung für die Probleme der Menschheit. Je länger sie zuhörte, desto klarer wurde ihr, dass dies keine gewöhnliche Forschung war. Das war revolutionär. Und gefährlich.

Plötzlich stoppte die Aufnahme. Es gab ein leises Klicken, gefolgt von einem kurzen, mechanischen Piepen.

„Falls Sie das hören," setzte die Stimme unvermittelt wieder ein, „bin ich vermutlich nicht mehr am Leben."

Dragica erstarrte.

„Doch das, was ich begonnen habe, muss fortgeführt werden. Wer auch immer Sie sind, diese Formel, diese Forschung... sie könnte alles verändern. Aber seien Sie vorsichtig. Wenn Sie das hören, dann wissen Sie auch, dass es Menschen gibt, die bereit sind, alles zu tun, um sicherzustellen, dass ‚Genesis' nie das Licht der Welt erblickt."

Die Stimme verstummte, und Dragica ließ das Gerät sinken.

Die nächsten Tage waren ein wirbelndes Chaos aus Verhören, Berichten und durchwachten Nächten. Doch Dragica konnte die Stimme auf dem Diktiergerät nicht vergessen. Santiago Sánchez. Sie hatte begonnen, alles über ihn zu recherchieren – seine Arbeit, seine Kollegen, sogar seine privaten Kontakte.

Eines Abends saß sie in einem kleinen Café, das um diese Uhrzeit fast leer war. Vor ihr lag eine ausgedruckte Akte mit allem, was sie über ihn herausfinden konnte.

„Sie suchen nach mir."

Die Stimme ließ sie fast ihren Kaffee verschütten. Dragica fuhr herum – und starrte in die dunklen Augen eines Mannes, den sie auf den Fotos der Akte erkannt hatte. Santiago Sánchez.

„Aber..." Sie rang nach Worten, ihre Hand glitt instinktiv zu ihrer Tasche, wo sie ihre Dienstwaffe aufbewahrte. „Sie sind tot."

Er lächelte schwach, setzte sich ungefragt ihr gegenüber und legte eine Hand auf den Tisch, als wollte er ihr signalisieren, dass er keine Gefahr darstellte. „Tot genug, um Sol Invictus zu täuschen. Aber lebendig genug, um zu wissen, dass ich nicht alleine weitermachen kann."

„Sie wissen, wer ich bin?" fragte sie misstrauisch.

„Natürlich. Dragica Kovaćević. Beste Kriminologin Kroatiens, vielleicht Europas. Und jemand, der – wie ich – tief genug in die Wahrheit graben wird, um sich Feinde zu machen."

Ihr Puls raste, aber sie zwang sich, ruhig zu bleiben. „Wenn Sie wirklich Santiago Sánchez sind, dann erklären Sie mir, warum Sie nicht tot sind. Und warum ich überhaupt mit Ihnen reden sollte."

Sein Blick wurde ernster. „Weil Sie die Einzige sind, die die Wahrheit erkennen wird. Und weil Sie nicht nur nach meinen Mördern suchen, sondern nach einer Formel, die die Welt verändern kann. Genesis."

Dragica lehnte sich zurück, die Arme vor der Brust verschränkt, und fixierte Santiago mit scharfem Blick. Die lebhafte Geräuschkulisse des Cafés – klappernde Tassen, leise Gespräche, das Zischen der Kaffeemaschine – rückte in den Hintergrund.

„Wenn das hier ein Versuch ist, mich hereinzulegen, haben Sie die falsche Zielperson gewählt," sagte sie kühl. „Ich habe genug gesehen, um zu wissen, wann jemand lügt."

Santiago lehnte sich ebenfalls zurück, ein müdes Lächeln auf den Lippen.

„Das glaube ich Ihnen. Aber Sie wissen auch, wann jemand die Wahrheit sagt, nicht wahr? Und das tue ich."

Dragica schwieg, aber sie konnte nicht leugnen, dass es etwas an ihm gab, dass sie überzeugte. Vielleicht war es die Art, wie er sie ansah – als sei sie nicht nur eine Polizistin, sondern ein Schlüssel zu etwas Größerem.

Oder vielleicht war es der unterschwellige Hauch von Verzweiflung in seiner Stimme, den er so sorgfältig zu verbergen versuchte.

„Gut," sagte sie schließlich, die Arme immer noch verschränkt. „Überzeugen Sie mich. Fangen Sie mit der Explosion an. Sie sollten tot sein. Warum sind Sie es nicht?"

Santiago nahm einen Schluck von dem Espresso, den der Kellner ihm wortlos gebracht hatte, bevor er antwortete. „Ich wusste, dass sie kommen würden. Sol Invictus – die Organisation, die hinter mir her ist – lässt keine losen Enden. Also habe ich ein Szenario geplant, das überzeugend genug war, um sie glauben zu lassen, dass sie gewonnen haben. Eine kontrollierte Explosion, ein paar Blutproben, die ich vorsorglich hinterlegt habe, und ein Ausgang, den nur ich kenne."

„Sol Invictus," wiederholte Dragica, das Wort langsam auskostend, als wollte sie seinen Geschmack ergründen. „Klingt wie der Name einer Sekte."

„In gewisser Weise sind sie das auch," sagte Santiago düster. „Aber es ist eine Sekte mit unbegrenzter Macht und Ressourcen. Sie ziehen die Fäden in den größten Konzernen und Regierungen der Welt. Sie sind die wahren Herrscher – eine geheime Elite, die alles kontrolliert, was zählt. Wirtschaft. Politik. Technologie."

„Und warum wollten sie Sie tot sehen?"

Santiago beugte sich vor, seine Stimme wurde leiser. „Weil ‚Genesis' das Gleichgewicht stören würde. Es ist mehr als nur eine Formel. Es ist ein neues Fundament für die Menschheit. Eine Möglichkeit, uns so anzupassen, dass wir

nicht länger Sklaven unserer eigenen Gier und Selbstzerstörung sind. Sol Invictus lebt von unserer Abhängigkeit. Wenn wir uns verändern, verlieren sie ihre Macht."

Dragica betrachtete ihn aufmerksam. Seine Worte klangen unglaublich – und doch wirkte er vollkommen überzeugt von dem, was er sagte.

„Und warum erzählen Sie mir das alles?" fragte sie schließlich.

„Weil ich niemandem sonst vertrauen kann." Seine dunklen Augen fixierten sie, durchdrangen sie fast. „Sie sind nicht wie die anderen. Sie glauben an die Wahrheit, an Gerechtigkeit, auch wenn es unbequem wird. Ich brauche jemanden, der mir hilft, diesen Kampf zu führen. Und ich glaube, Sie brauchen mich, um den Fall zu lösen, an dem Sie gerade arbeiten."

Dragica zögerte. Die Situation war surreal, aber sie konnte nicht leugnen, dass sie neugierig war – und vielleicht ein wenig fasziniert.

„Und wenn ich nein sage?" fragte sie schließlich.

Santiago lehnte sich zurück, ein schiefes Lächeln auf den Lippen. „Dann werden Sie von Sol Invictus als Bedrohung angesehen, weil Sie mich gefunden haben. Und wenn sie mich nicht erledigen, werden sie es bei Ihnen versuchen."

Dragica biss die Zähne zusammen. Die Logik war brutal, aber sie machte Sinn.

„Also gut," sagte sie schließlich. „Aber ich tue das nicht für Sie. Ich tue es, weil ich wissen will, was wirklich vor sich geht."

Kapitel 2

—

Die Jagd beginnt

Die beiden verließen das Café durch einen unauffälligen Hintereingang, ohne zu wissen, dass sie bereits beobachtet wurden.

Von einem schwarzen Wagen aus, der in der Nähe geparkt war, starrte ein Mann mit kalten, grauen Augen auf die Szene. Sein Gesicht blieb ausdruckslos, während er in ein winziges Mikrofon sprach.

„Zielperson gefunden. Dragica Kovaćević ist involviert. Aktivierung der Protokolle."

Er beendete die Verbindung und startete den Wagen, während die beiden Schatten im Schein der Straßenlaternen verschwanden.

Die Nachtluft war kühl, aber Santiago konnte das Prickeln in seinem Nacken nicht ignorieren. Sein Blick huschte über die dunklen Gassen von Dubrovnik, die schmalen Steinstraßen und die hohen Mauern der Altstadt. Jede Ecke, jeder Schatten konnte einen Gegner verbergen.

Dragica ging einen Schritt vor ihm, ihre Haltung selbstbewusst, aber ihre Augen scannten die Umgebung mit professioneller Präzision. Sie sprach nicht, bis sie sicher waren, dass sie allein waren.

„Gut, wir sind draußen. Und jetzt?" fragte sie, ohne sich zu ihm umzudrehen.

„Jetzt verschwinden wir," sagte Santiago. „Solange wir hierbleiben, sind wir leichte Beute."

„Und wohin, genau? Es gibt nicht viele Orte, an denen man sich vor einer globalen Geheimorganisation verstecken kann."

Santiago lächelte leicht. „Sie wären überrascht. Aber zuerst müssen wir etwas erledigen."

Dragica drehte sich zu ihm um, ihre Augen funkelten misstrauisch. „Was?"

„Die Genesis-Formel. Sie ist nicht nur in meinem Kopf – ich habe Kopien. Versteckt. Wir müssen sie holen, bevor Sol Invictus sie findet."

Dragica runzelte die Stirn. „Sie haben also eine Geheimorganisation, die Sie jagt, und trotzdem haben Sie Spuren hinterlassen?"

„Das nennt man Risikomanagement." Santiago klang ruhig, aber Dragica bemerkte, wie seine Hände in den Taschen seiner Jacke zuckten. „Wenn ich sterbe, soll die Forschung nicht mit mir verschwinden."

Bevor sie antworten konnte, hörte sie ein leises Summen. Sie erstarrte und blickte über ihre Schulter.

Ein schwarzer SUV glitt lautlos durch die Straße, die Scheinwerfer gedimmt, fast wie ein Raubtier, das seine Beute belauert.

„Verdammt," flüsterte Santiago. „Sie haben uns gefunden."

„Bleiben Sie hinter mir," zischte Dragica und zog ihre Waffe.

„Ich dachte, ich soll Ihnen helfen, nicht umgekehrt,"
murmelte Santiago, aber er tat, was sie sagte.

Die Verfolger waren professionell. Kein Lärm, keine Eile.
Drei Männer stiegen aus dem SUV, jeder von ihnen in
Schwarz gekleidet, mit schwerer, stiller Präsenz.

Dragica hob die Waffe, ihr Griff fest. „Zurück! Polizei!"
rief sie, obwohl sie wusste, dass es nichts bringen
würde. Diese Männer waren keine gewöhnlichen
Kriminellen.

„Keine Bewegung," sagte einer von ihnen, ein
hochgewachsener Mann mit kalten Augen. Er hatte
keine Waffe gezogen, aber Dragica wusste, dass er eine
versteckte hatte.

„Das hier wird nicht gut für Sie ausgehen," rief sie.

Die Männer antworteten nicht. Sie bewegten sich
langsam, ihre Schritte synchron, die Straße hinunter wie
Jäger, die ein Rudel umzingeln.

„Santiago, Lauf!" rief sie.

Aber Santiago blieb, seine Hände zu Fäusten geballt.
„Wenn wir uns trennen, bringen sie uns beide um."

„Dann bleiben Sie nah!"

Die Männer kamen näher. Dragica spürte, wie ihr
Herzschlag sich beschleunigte, aber ihre Hände blieben
ruhig.

„Letzte Warnung!" Sie zielte auf den ersten Mann.

Der Mann lächelte kühl – und machte einen Schritt nach
vorn.

Ein lauter Knall hallte durch die Straße, als Dragica den Abzug drückte. Der Mann sackte zusammen, getroffen am Oberschenkel.

„Rückzug!" rief einer der anderen Männer.

Santiago packte Dragicas Arm. „Das war keine gute Idee."

„Und was hätten Sie getan?" Sie drehte sich zu ihm um, ihre Augen funkelnd vor Adrenalin.

„Etwas subtileres," antwortete er, aber bevor er weitersprechen konnte, hörten sie ein weiteres Geräusch – diesmal von oben.

Eine Drohne schwebte lautlos über der Gasse, ihre Kamera fixierte sie wie ein unheimliches Auge.

„Los, bewegen Sie sich!" Dragica packte Santiago und zog ihn in eine Seitengasse.

Sie rannten durch die verwinkelten Straßen von Dubrovnik, vorbei an stillen Höfen und leeren Cafés. Die Drohne folgte ihnen, immer im Schatten, wie ein ständiger Begleiter.

„Wir müssen das Ding loswerden," keuchte Dragica.

„Das wird nicht so einfach," sagte Santiago, seine Stimme ruhig trotz der Situation.

„Es gibt immer einen Weg."

Sie bogen um eine Ecke und fanden sich vor einem kleinen Brunnen wieder, umgeben von hohen Steinwänden.

„Hier," sagte Santiago, zog ein kleines Gerät aus seiner Tasche und drückte einen Knopf.

Ein grelles Licht blitzte auf, und die Drohne begann zu zittern, bevor sie plötzlich vom Himmel fiel.

„Was war das?" fragte Dragica.

„Ein EMP-Signal. Nichts Großes, aber genug, um die Elektronik zu stören."

„Und Sie hatten das einfach dabei?"

Santiago lächelte schwach. „Ich bin ein Mann mit vielen Plänen."

„Gut, dann erzählen Sie mir Ihren nächsten."

„Wir müssen aus der Stadt. Es gibt einen Ort, an dem ich uns verstecken kann, aber wir müssen vorsichtig sein. Sol Invictus wird nicht aufgeben."

Dragica nickte, und für einen Moment trafen sich ihre Blicke. In seinen Augen lag etwas, das sie nicht ganz deuten konnte – eine Mischung aus Dankbarkeit, Entschlossenheit und etwas anderem, dass sie nicht zuzulassen wagte.

„Dann los," sagte sie schließlich, ihre Stimme fester, als sie sich fühlte.

Und gemeinsam verschwanden sie in die Dunkelheit.

Der nächste Tag kam zu früh. Die Sonne war gerade aufgegangen und schickte ihre ersten, schwachen Strahlen über die steilen Gassen Dubrovniks, als Dragica und Santiago durch die Straßen schlichen, als wären sie Geister. Jede Bewegung war sorgfältig, jedes Geräusch wurde abgeklärt, als ob sie sich in einem unsichtbaren Netz aus Bedrohungen befanden, das nur darauf wartete, sie zu fangen.

„Wo genau wollen Sie uns hinbringen?" fragte Dragica leise, während sie auf den alten, verfallenen Hafen zugingen, der heute nur noch von den wachsenden Überresten der Stadtmauer überblickt wurde.

„Es gibt einen alten Versteckort in der Nähe. Ein sicherer Raum, den ich noch vor Jahren eingerichtet habe. Nur ein paar Leute wissen davon. Die meisten glauben, dass er leer ist."

„Und was, wenn Sol Invictus schon davon weiß?"

„Dann haben sie uns längst erwischt." Santiago lachte, aber es war kein echtes Lachen – eher ein dunkles, unheimliches Geräusch. „Also sind wir vielleicht sicherer, als wir denken."

Dragica sah ihn von der Seite an. Auch sie konnte nicht leugnen, dass sich eine seltsame Spannung zwischen ihnen aufbaute, eine Mischung aus der Gefahr, die sie verband, und einer unerklärlichen Nähe. Sie hatten sich gerade erst kennengelernt, doch es fühlte sich nicht so an.

„Warum machen Sie das?" fragte sie plötzlich. „Warum sind Sie bereit, mit mir zusammenzuarbeiten?"

Santiago hielt inne und blickte sie an. Die Sonne glitzerte auf dem Meer, der Horizont war noch von einem dunklen Blau, das die Nacht nicht ganz hatte loslassen können.

„Weil ich weiß, dass Sie die Wahrheit wollen. Und ich kann niemandem mehr vertrauen – außer Ihnen. Außerdem..."

„Außerdem?"

„... außer Ihnen verstehe ich niemanden, der so hartnäckig und gleichzeitig klug ist, die Geheimnisse zu finden."

Dragica wollte etwas entgegnen, doch ihre Worte blieben im Hals stecken, als ein Geräusch aus der Ferne ihre Aufmerksamkeit erregte.

„Hören Sie das?" flüsterte sie.

Santiago nickte, seine Miene verdüsterte sich. „Drohnen. Viele davon."

Er zog sie schnell hinter eine Mauer, und sie duckten sich, während die hohen, schwarzen Drohnen über ihre Köpfe hinweg flogen. Ihre Rotoren summten wie der Klang einer unerbittlichen Verfolgung.

„Wir müssen uns beeilen," murmelte Dragica. „Wir sind nicht sicher hier."

„Ein paar Schritte weiter gibt es eine Tür. Wir müssen uns einfach da durchschleichen." Santiago zog sie weiter, als sie durch die schmalen Gassen hasteten, vorbei an verfallenen Häusern und von der Zeit gezeichneten Straßen.

Die Luft war schwül, und Dragica spürte den scharfen, fast elektrischen Druck zwischen ihnen. Jedes Mal, wenn sie sich berührten, sei es durch einen zufälligen Griff oder ein Abstoßen von einem der Gebäude, funkelte etwas, das sie nicht benennen konnte. Sie wusste, dass es nicht nur die Gefahr war, die sie zusammenbrachte, sondern auch etwas anderes.

„Hier," sagte Santiago, als sie vor einer unscheinbaren Tür standen, versteckt hinter einem alten Eisenzaun. Er zog einen Schlüssel aus seiner Tasche und öffnete die Tür, die in einen dunklen, kühlen Raum führte.

Sie traten ein, und sofort spürte Dragica die Dämmerung, die der Raum ausstrahlte. Kein Fenster, keine Außenwände, nur das dumpfe Licht einer einzigen Glühbirne, die an der Decke hing. Die Luft roch nach staubigem Beton und vergilbtem Papier.

„Was ist das hier?" fragte Dragica, ihre Stimme hallte in der Stille wider.

„Mein Rückzugsort. Ein Ort, an dem ich vor Jahren angefangen habe, die Dinge zu verstecken, die niemand finden sollte." Santiago schloss die Tür und schaltete ein schwaches Licht an.

Dragica sah sich um. An den Wänden hingen Notizen, Diagramme, Computerausdrucke, und in der Ecke stand ein alter, verstaubter Schreibtisch, auf dem eine kaum benutzte Tastatur und ein Computerbildschirm standen. Doch in der Mitte des Raumes stand ein Schließfach, das so sicher aussah, dass es unheimlich wirkte.

„Das ist es, oder?" fragte sie.

„Ja," sagte er leise. „Das ist das Zentrum von allem. Die Formel. Was übriggeblieben ist. Aber es ist mehr als das."

Dragica trat näher. „Was meinen Sie damit?"

„Die Formel ist nur der Anfang," sagte er, seine Stimme plötzlich ernst, fast wie eine Warnung. „Sie kann das biologische Gleichgewicht der Erde verändern, sie kann den Verlauf der Geschichte verändern. Doch das, was sie uns lehrt, ist auch die Grundlage einer neuen

Weltordnung. Und genau deshalb wollen sie uns
zerstören."

„Sie reden von Sol Invictus?" fragte Dragica, die
zunehmend verstand, dass es nicht nur um Macht und
Kontrolle ging. Es ging um etwas viel Größeres.

„Ja, und die Welt, die sie kontrollieren. Sie wissen, was
wir vorhaben, Dragica. Und sie haben keine Absicht, uns
leben zu lassen."

Dragica trat noch einen Schritt näher und konnte
spüren, wie ihre Brust sich zusammenzog. Es war die
Nähe, die Vertrautheit, die sich unerklärlicherweise
zwischen ihnen aufgebaut hatte. Ihre Augen trafen sich,
und in diesem Moment war die Welt draußen plötzlich
weit entfernt.

„Sie wissen, dass wir uns in einem Wettlauf gegen die
Zeit befinden," sagte Santiago. „Sol Invictus wird uns
finden, aber wir haben immer noch eine Chance."

Sie stand jetzt direkt vor ihm, ihre Blicke fest und klar.
„Und wenn wir scheitern?"

„Dann wird diese Chance nie wieder kommen." Santiago
atmete tief ein, und als er zu ihr sprach, war es mehr als
nur ein Flüstern. Es war eine Einladung, ein
Versprechen. „Aber ich glaube nicht, dass wir scheitern
werden, Dragica."

Die Stille, die zwischen ihnen herrschte, war geladen,
als sie sich näherkamen. Ihr Atem vermischte sich, als
sie sich schließlich aneinander neigten. Es war kein
hastiger Kuss, sondern ein stilles Verständnis, eine
Explosion von Emotionen, die sie nicht länger
unterdrücken konnten.

In diesem Moment, unter der Last ihrer Flucht und des Wissens, dass sie nicht allein gegen Sol Invictus kämpften, war es das Einzige, was noch real schien.

Kapitel 3

-

Die Jagd wird persönlicher

Mit einem letzten, intensiven Blick ließen sie voneinander ab. Sie wussten beide, dass dies der Moment war, in dem sie ihre Gefühle nicht mehr ignorieren konnten. Doch das war nicht die Zeit, sich diesen Gefühlen hinzugeben.

„Wir müssen weitermachen," sagte Dragica, ihre Stimme diesmal ruhig, aber entschlossen. „Es gibt noch viel zu tun."

„Ja," antwortete Santiago. „Aber wir haben uns jetzt nicht nur einen Verbündeten gewonnen..."

„Sondern auch etwas anderes."

Santiago nickte, während er das Schließfach öffnete, und sie starrte auf das, was ihr bevorstand.

Das Schließfach öffnete sich mit einem leisen Klicken. Dragica hielt den Atem an, als Santiago vorsichtig den Deckel hob und den Inhalt enthüllte. Darin lag ein flacher, metallischer Zylinder, kaum größer als eine Wasserflasche, mit einem digitalen Display und einer Reihe von Lichtern, die rhythmisch blinkten.

„Das ist es?" flüsterte sie.

„Das Herz von Genesis," sagte Santiago. „Es enthält die Kernformel, die Daten, und..." Er hielt inne, als hätte er Mühe, die Worte zu finden.

„Und was?“

„Einen Schlüssel, um es zu aktivieren. Ohne den ist die Formel unbrauchbar.“

Dragica runzelte die Stirn. „Das klingt, als wäre es weniger eine Lösung und mehr eine Bombe.“

„Es ist beides,“ gab er zu, und in seinem Blick lag ein Ausdruck tiefer Ernsthaftigkeit. „Genesis kann eine Katastrophe auslösen, wenn es in die falschen Hände gerät. Aber in den richtigen Händen...“

„In unseren Händen,“ ergänzte sie leise.

Er nickte. „Genau. Aber wir müssen vorsichtig sein. Sol Invictus wird alles tun, um das hier zu bekommen.“

Dragica trat einen Schritt zurück und sah ihn an. „Wenn das so gefährlich ist, warum haben Sie es nicht zerstört?“

Santiago schloss das Schließfach wieder und drehte sich zu ihr um. „Weil die Menschheit eine zweite Chance verdient. Wir haben unseren Planeten ruiniert, uns selbst zerstört, aber mit Genesis... können wir es anders machen. Es ist riskant, ja. Aber wenn wir es vernichten, geben wir auf. Und ich gebe nicht auf.“

Dragica schwieg. Sie konnte seinen Glauben verstehen, auch wenn sie selbst nicht sicher war, ob sie genauso empfand.

„Also gut,“ sagte sie schließlich. „Was ist der Plan?“

Santiago holte tief Luft. „Es gibt ein Forschungslabor außerhalb der Stadt, ein Ort, den Sol Invictus noch nicht kennt. Wir müssen Genesis dorthin bringen und die nächsten Schritte vorbereiten. Aber wir brauchen Hilfe.“

„Wessen Hilfe?"

Er sah sie an, und in seinem Blick lag eine Mischung aus Sorge und Entschlossenheit. „Eine Gruppe, der ich früher vertraut habe. Eine Untergrundbewegung. Sie haben Kontakte, Ressourcen... und ein Interesse daran, Sol Invictus zu bekämpfen."

Dragica hob skeptisch eine Augenbraue. „Das klingt, als würden wir uns mitten ins nächste Wespennest stürzen."

„Das tun wir auch," gab er zu. „Aber wir haben keine Wahl."

Bevor sie weiter diskutieren konnten, hallte ein lauter Knall durch den Raum. Die Tür erzitterte, und Staub fiel von der Decke.

„Was zum Teufel war das?" Dragica zog ihre Waffe, während Santiago nach dem Zylinder griff und ihn sicher in einen gepolsterten Koffer legte.

„Sie haben uns gefunden," sagte er, seine Stimme ruhig, aber seine Bewegungen verrieten die Dringlichkeit.

„Wie?"

„Sol Invictus hat Ressourcen, von denen wir nicht einmal träumen können."

Ein zweiter Knall ließ die Tür aufbrechen. Zwei Männer in schwarzer Kampfausrüstung stürmten herein, ihre Gesichter hinter taktischen Helmen verborgen. Dragica reagierte sofort, feuerte zwei gezielte Schüsse ab und brachte den ersten zu Fall.

„Deckung!" rief sie, als der zweite Mann das Feuer erwiderte. Kugeln prallten von den Wänden ab, und Santiago duckte sich hinter den Schreibtisch.

Dragica nutzte die kurze Pause, um nachzuladen. Ihr Puls raste, aber ihre Hände waren ruhig. Mit einer schnellen Bewegung sprang sie aus ihrer Deckung, zielte und schaltete den zweiten Angreifer aus.

„Das wird nicht der Letzte sein," sagte Santiago, als er sich wieder aufrichtete.

„Dann bewegen wir uns besser."

Santiago nahm den Koffer, und gemeinsam rannten sie aus dem Raum. Draußen warteten jedoch weitere Männer, die Straßen waren erfüllt von den Geräuschen schwerer Stiefel und gedämpfter Stimmen.

„Hier entlang!" rief Santiago und führte sie in eine schmale Gasse.

Die Verfolger waren schneller, und bald hörten sie Schritte hinter sich. Dragica drehte sich um und feuerte ein paar Schüsse ab, um sie zu verlangsamen.

„Wie weit ist dieses Labor?" fragte sie atemlos.

„Nicht weit, aber wir müssen sie abschütteln, sonst bringt es nichts."

Plötzlich hielt Santiago inne und zog Dragica in eine dunkle Nische, hinter einen Stapel von Holzpaletten. Sie pressten sich gegen die Wand, ihre Atmung flach, während die Männer vorbeiliefen.

Für einen Moment war alles still. Nur das ferne Rauschen der Stadt und der dumpfe Klang von Stiefeln auf Kopfsteinpflaster waren zu hören.

„Sie suchen weiter," flüsterte Dragica.

Santiago nickte. „Wir müssen jetzt los, bevor sie zurückkommen."

Doch bevor sie sich bewegen konnten, hörten sie eine Stimme: „Wir wissen, dass ihr hier seid."

Dragica erstarrte, und Santiago griff instinktiv nach ihrer Hand.

„Wir können das auf die harte Tour machen," sagte die Stimme. „Oder ihr gebt auf und macht es uns leicht."

Santiago sah Dragica an, seine Augen voller Entschlossenheit. „Kein Aufgeben," flüsterte er.

„Nie," antwortete sie und drückte seine Hand kurz, bevor sie ihre Waffe hob.

Dragica presste sich gegen die Wand, ihre Waffe im Anschlag. Santiago neben ihr hielt den Koffer mit Genesis so fest umklammert, als hinge sein Leben davon ab. Die Schritte näherten sich, begleitet vom leisen, selbstbewussten Singsang der Stimme.

„Ihr denkt, ihr könnt uns entkommen? Sol Invictus hat schon größere Beute zur Strecke gebracht."

„Wie viele?" flüsterte Santiago.

Dragica spähte vorsichtig um die Ecke. „Mindestens vier. Gut bewaffnet."

„Das ist schlecht."

„Sehr hilfreich, danke."

Doch bevor sie einen Plan ausarbeiten konnten, erhellte ein grelles Licht die enge Gasse. Dragica und Santiago blinzelten, als ein dumpfer Schlag ertönte, gefolgt von einem Schrei. Dann noch einer.

„Was zum...?" begann Dragica, doch bevor sie weitersprechen konnte, hörten sie schwere Körper zu Boden stürzen.

Die Schritte verstummten. Die Gasse war still, nur unterbrochen vom Knirschen von Stiefeln auf dem Kopfsteinpflaster.

„Bleibt still," sagte eine neue Stimme, tiefer, ruhiger, und mit einem seltsamen Akzent, den Dragica nicht einordnen konnte.

Sie richtete ihre Waffe auf die Ecke der Gasse, als eine schlanke, dunkel gekleidete Gestalt auftauchte. Der Mann trug eine Maske, die nur seine scharfen, grauen Augen erkennen ließ. Er hielt eine moderne Armbrust, deren Bolzen immer noch blutverschmiert waren.

„Ihr seid schwer zu finden," sagte er trocken und ließ die Armbrust sinken.

„Wer zum Teufel sind Sie?" fragte Dragica, die ihre Waffe weiterhin auf ihn gerichtet hielt.

„Ein Freund," antwortete er. „Oder zumindest kein Feind."

„Das können Sie beweisen, indem Sie sich umdrehen und verschwinden," fauchte sie.

„Das wäre ein Fehler," sagte er ruhig. „Ich bin hier, um zu helfen."

Santiago, der hinter Dragica hervorschaute, runzelte die Stirn. „Wie wissen wir, dass wir Ihnen vertrauen können?"

Der Fremde zuckte mit den Schultern. „Ihr habt keine Wahl. Wenn ich euch schaden wollte, wären wir jetzt nicht hier. Glaubt mir, Sol Invictus schickt keine Leute mit Armbrüsten."

Dragica zögerte, doch irgendetwas an dem Mann – vielleicht seine Haltung oder die Art, wie er sie ansah – ließ sie ihre Waffe senken.

„Gut," sagte sie schließlich. „Wer sind Sie, und was wollen Sie?"

Er zog die Maske herunter und enthüllte ein markantes, witterungsgezeichnetes Gesicht mit einer dünnen Narbe, die sich über seine Wange zog.

„Mein Name ist Luka." Sein Blick blieb ernst, doch ein Hauch von Wärme blitzte in seinen Augen auf. „Ich bin hier, weil jemand sicherstellen wollte, dass ihr diese Nacht überlebt."

„Wer hat Sie geschickt?" fragte Santiago.

„Sagen wir, es gibt immer noch Leute, die an eure Sache glauben. Leute, die Sol Invictus genauso satt haben wie ihr."

Dragica spürte, wie sich die Spannung in ihrem Körper etwas löste. „Woher wissen wir, dass Sie nicht lügen?"

Luka zog einen kleinen Datenchip aus seiner Jackentasche und reichte ihn Santiago. „Das hier enthält Details über eine geheime Einrichtung von Sol Invictus. Nicht weit von hier. Sie arbeiten daran, euer Projekt zu replizieren – oder zu zerstören."

Santiago nahm den Chip zögernd entgegen und steckte ihn ein. „Warum sollten Sie uns das geben?"

„Weil ich will, dass ihr Erfolg habt," sagte Luka. „Aber zuerst müssen wir von hier verschwinden. Diese Straße wird in fünf Minuten voller Soldaten sein."

Luka führte sie durch ein Labyrinth aus schmalen Gassen

und dunklen Durchgängen, bis sie schließlich an einer kleinen Tür ankamen, die fast vollständig von einer alten Efeuwand verdeckt war.

„Hier rein," sagte er, zog einen Schlüssel aus seiner Tasche und öffnete die Tür.

Der Raum dahinter war spärlich eingerichtet – ein Tisch, ein paar Stühle, und eine alte Karte an der Wand. Auf dem Tisch standen ein Laptop und eine Handvoll Dokumente, die Dragica nicht sofort entziffern konnte.

„Nicht viel, aber es wird reichen," sagte Luka, als er die Tür hinter ihnen verriegelte.

„Also," begann Dragica, ihre Arme vor der Brust verschränkt. „Wer sind Sie wirklich?"

Luka zögerte, bevor er antwortete. „Ich war einmal Teil von Sol Invictus."

Die Spannung im Raum stieg augenblicklich. Dragica zog ihre Waffe wieder, doch Luka hob die Hände. „Wartet! Ich bin nicht mehr einer von ihnen. Ich habe die Organisation vor Jahren verlassen."

„Warum?" fragte Santiago, seine Stimme scharf.

„Weil ich erkannt habe, was sie wirklich vorhaben." Luka trat näher und sprach mit einer Intensität, die selbst Dragica nicht ignorieren konnte. „Sol Invictus behauptet, die Welt retten zu wollen, aber in Wahrheit wollen sie nur Macht. Sie planen, die Genesis-Formel zu nutzen, um die Menschheit zu kontrollieren – nicht zu retten."

„Das klingt wie eine bequeme Entschuldigung," sagte Dragica.

„Glaubt, was ihr wollt," erwiderte Luka. „Aber ihr werdet die Wahrheit bald selbst sehen."

Santiago betrachtete Luka für einen langen Moment, bevor er nickte. „Wir werden sehen, ob wir Ihnen vertrauen können. Aber wenn Sie uns verraten, wird Dragica Sie töten, bevor ich es tun kann."

Dragica warf ihm einen überraschten Blick zu, dann schmunzelte sie. „Ziemlich optimistisch, dass ich schneller bin."

Luka lächelte schwach. „Verstanden."

Während Luka auf dem Laptop arbeitete, um die Daten des Chips zu entschlüsseln, standen Dragica und Santiago am Fenster, beobachteten die leeren Straßen und warteten.

„Glauben Sie ihm?" fragte Dragica leise.

„Ich weiß es nicht," antwortete Santiago. „Aber wenn er recht hat, könnte er genau der Verbündete sein, den wir brauchen."

„Oder die Falle, die uns endgültig erledigt."

Santiago sah sie an, und zum ersten Mal schien er völlig offen. „Wir haben keine Wahl, Dragica. Wir müssen es versuchen."

Sie nickte, auch wenn sie wusste, dass ihre Instinkte anders sprachen. Luka war gefährlich – aber vielleicht war er genau das, was sie brauchten, um Sol Invictus zu überlisten.

„Wir sollten uns ausruhen," sagte sie schließlich. „Die nächsten Schritte werden härter."

Santiago sah sie an, und sein Blick hielt sie einen Moment zu lange fest. Es war mehr als nur Dankbarkeit, was in seinen Augen lag – es war Zuneigung, tief und unausgesprochen.

„Dragica," begann er, doch bevor er weitersprechen konnte, rief Luka: „Ich habe etwas!"

Sie eilten beide zum Tisch, und Luka deutete auf den Bildschirm.

„Das ist der Ort," sagte er. „Eine versteckte Einrichtung, wo sie mit Genesis experimentieren. Und sie planen, es bald einzusetzen."

„Was genau setzen sie ein?" fragte Dragica.

„Einen Prototyp," sagte Luka düster. „Einen Testlauf – an einer ganzen Stadt."

Kapitel 4

—

Der Schatten von Genesis

Die Luft war kühl und still, als sich Dragica, Santiago und Luka in der Dunkelheit einem verlassenen Industriegebiet näherten. Das Ziel war ein unscheinbares Gebäude am Rand eines umzäunten Geländes. Seine unspektakuläre Erscheinung widersprach den tödlichen Geheimnissen, die es verbarg.

„Das ist der Ort," flüsterte Luka und deutete auf die unscheinbare, grau gestrichene Halle. „Sol Invictus nutzt es als Deckmantel für ihre Experimente."

Dragica kniete sich hin und zog ein Fernglas aus ihrer Jacke. „Sicherheitskameras an den Ecken, drei Wachen am Haupteingang. Was ist mit der Rückseite?"

„Wahrscheinlich weniger bewacht," sagte Luka. „Aber keine Garantie. Sie könnten Bewegungssensoren oder versteckte Fallen haben."

„Klingt wie ein guter Ort, um reinzugehen," murmelte Dragica trocken.

Santiago überprüfte den Inhalt seines Rucksacks. „Wir haben alles, was wir brauchen? Hackertools, Sprengstoff für die Tür, und..." Er hielt inne und hob eine kleine Pistole. „...das hier, für den Fall der Fälle."

„Das wird sicher nicht lautlos ablaufen," sagte Dragica. „Aber wir müssen rein, bevor sie den Test durchführen."

Mit geschmeidigen Bewegungen schlichen sie sich um das Gebäude, bis sie die Rückseite erreichten. Wie erwartet gab es keine Wachen, nur eine unscheinbare Tür ohne offensichtliche Sicherheitsmaßnahmen.

„Das ist verdächtig einfach," murmelte Dragica.

„Das ist es immer," sagte Luka, als er ein kleines Gerät aus seiner Tasche zog. Es war ein handlicher Störsender, der Bewegungssensoren für kurze Zeit außer Gefecht setzen konnte.

„Dreißig Sekunden," sagte Luka, als er das Gerät aktivierte. „Mehr kann ich nicht garantieren."

Dragica nickte und setzte ihren Dietrich an das Schloss. Es dauerte weniger als zwanzig Sekunden, bis sie ein leises Klicken hörte.

„Geschafft," flüsterte sie.

Sie traten ein, die Tür fiel leise hinter ihnen ins Schloss.

Das Innere war dunkler, als sie erwartet hatten. Lange Flure, in Neonlicht getaucht, erstreckten sich in alle Richtungen. Sie hörten das leise Summen von Maschinen und gelegentlich gedämpfte Stimmen aus der Ferne.

„Laut den Plänen befindet sich das Labor im unteren Stockwerk," sagte Luka und zeigte auf eine Karte, die er auf sein Tablet geladen hatte. „Wir müssen zur Treppe am Ende dieses Flurs."

„Was erwartet uns dort?" fragte Santiago.

„Wissenschaftler. Vielleicht mehr Sicherheitsleute."
Luka sah Dragica an. „Aber das wahre Problem ist, was sie dort testen."

„Wir erfahren es bald," sagte sie und zog ihre Waffe.

Sie bewegten sich leise durch die Flure, blieben in den Schatten und mieden jede Kamera, die nicht durch den Störsender blockiert werden konnte.

Doch plötzlich hörten sie Schritte. Dragica hob die Hand, um das Team anzuhalten, und deutete auf eine Abzweigung vor ihnen.

„Zwei Wachen," flüsterte sie.

„Sollen wir sie umgehen?" fragte Santiago.

„Nein," sagte Luka. „Wenn sie uns sehen, schlagen sie sofort Alarm. Wir müssen sie ausschalten."

Dragica nickte und zog ein Messer aus ihrem Gürtel. „Lass mich das machen."

In geduckter Haltung schlich sie näher. Die beiden Wachen standen mit dem Rücken zu ihr, anscheinend in ein leises Gespräch vertieft.

Mit der Präzision eines Raubtiers bewegte sie sich vorwärts, schloss die Distanz in Sekunden. Das erste Messer traf die Kehle der näheren Wache, bevor sie einen Laut von sich geben konnte. Der zweite Mann drehte sich gerade um, als Dragica ihn mit einem schnellen Schlag außer Gefecht setzte.

„Beeindruckend," murmelte Luka, als sie zurückkam.

„Keine Zeit für Komplimente," sagte sie und bedeutete ihnen, weiterzugehen.

Die Treppe führte sie in eine tief unterirdische Ebene. Die Luft war schwer und von einem chemischen Geruch erfüllt. Als sie den unteren Flur betraten, sahen sie durch eine Glasscheibe in einen Raum, der mit Hightech-Geräten gefüllt war.

„Das muss es sein," sagte Santiago leise.

Innerhalb des Labors standen mehrere Wissenschaftler in weißen Kitteln, die sich über Monitore und große Behälter mit einer grünlich schimmernden Flüssigkeit beugten.

„Was ist das?" fragte Dragica, die sich die Szene genauer ansah.

„Das ist der Prototyp," sagte Luka. „Genesis in seiner gefährlichsten Form. Wenn sie das aktivieren, könnten sie..."

„Was?" unterbrach Dragica ihn.

„Eine kontrollierte Pandemie auslösen," sagte Luka düster. „Eine, die sie nutzen können, um die Bevölkerung zu manipulieren. Sie würden behaupten, dass Genesis die einzige Heilung ist."

Santiago starrte auf die Monitore. „Dann dürfen wir sie auf keinen Fall weitermachen lassen."

„Was schlagen Sie vor?" fragte Luka.

Dragica zog eine kleine Sprengladung aus ihrem Rucksack. „Wir zerstören alles."

„Das wird Lärm machen," warnte Luka.

„Das ist egal," sagte Santiago. „Es ist unsere einzige Chance."

Sie betraten das Labor durch eine unverschlossene Seitentür. Die Wissenschaftler bemerkten sie erst, als es zu spät war – Dragica richtete ihre Waffe auf sie und befahl ihnen, still zu sein.

„Raus hier," sagte sie mit eisiger Stimme

Die Wissenschaftler sahen sie entsetzt an, doch einer von ihnen schien zögern zu wollen. Luka trat vor, seine Stimme kalt und schneidend: „Bewegt euch, oder ich lasse sie euch erschießen."

Das genügte, um sie in Bewegung zu setzen.

Während Santiago die Sprengladung an einem der zentralen Behälter anbrachte, hörten sie plötzlich ein Alarmsignal.

„Verdammt," murmelte Dragica. „Die Sicherheitsleute müssen uns entdeckt haben."

„Wie lange brauchen Sie?" fragte Luka.

„Zwei Minuten," antwortete Santiago.

„Wir haben keine zwei Minuten," sagte Dragica, als sie schwere Schritte von oben hörte. „Machen Sie es schneller!"

Santiago kniete konzentriert am Behälter, während seine Finger mit geübter Präzision die Sprengladung befestigten. Dragica stand an der Tür, die Waffe im Anschlag, bereit, die erste Welle von Sicherheitskräften abzuwehren, die sie bereits hörte.

„Beeil dich," zischte sie.

„Noch ein paar Sekunden," murmelte Santiago, seine Stirn glänzte vor Schweiß.

Plötzlich hörte Luka, der die Wissenschaftler im Blick behalten hatte, wie einer von ihnen murmelte: „Ihr könnt nicht entkommen. Sol Invictus wird euch finden."

Die Stimme war ruhig, fast beiläufig, und Luka drehte sich blitzschnell um. Es war einer der jüngeren Männer, ein schmaler, blasser Typ mit scharfen Augen hinter einer dicken Brille.

„Was hast du gesagt?" fragte Luka mit bedrohlichem Ton.

Der Wissenschaftler hob langsam die Hände. „Ihr versteht nicht, was ihr zerstören wollt."

Dragica warf ihm einen scharfen Blick zu. „Erzähl uns, was wir angeblich nicht verstehen."

Der Mann zeigte auf die Geräte. „Das hier – es ist mehr als nur ein Kontrollwerkzeug. Es könnte tatsächlich helfen, die Menschheit zu verbessern."

„Auf Kosten ihrer Freiheit?" fragte Santiago, ohne von seiner Arbeit aufzusehen.

„Manchmal ist das Opfer notwendig," sagte der Wissenschaftler. „Aber ihr seht nur das Schlimmste."

Luka trat näher, sein Blick kalt. „Warum sagst du uns das jetzt?"

„Weil ich euch aufhalten muss," antwortete der Mann und griff plötzlich in seinen Kittel.

Dragica reagierte sofort. Ein einzelner Schuss hallte durch das Labor, und der Wissenschaftler brach mit einem Schrei zusammen, bevor er seine versteckte Waffe ziehen konnte.

„Was sollte das?!" rief Santiago und sah überrascht auf.

„Er wollte uns umbringen," sagte Dragica, ihre Waffe noch immer auf den leblosen Körper gerichtet.

Luka kniete sich hin, durchsuchte den Mann und zog eine kleine Sprengkapsel hervor. „Er wollte nicht uns aufhalten. Er wollte die gesamte Anlage sprengen."

Santiago fluchte leise. „Wie viel Zeit hätten wir gehabt?"

„Wahrscheinlich gar keine," murmelte Luka, als er das Gerät deaktivierte.

Plötzlich flackerte das Licht, und eine metallische Stimme erklang durch das Labor.

„Alarm ausgelöst. Sicherheitsmaßnahmen aktiviert. Alle Mitarbeiter evakuieren."

Dragica sah auf. „Das klingt nicht gut."

„Das war er," sagte Luka, der auf den Wissenschaftler zeigte. „Er hat die Automatisierung gestartet, bevor wir ihn aufgehalten haben."

Santiago riss die Sprengladung vom Behälter ab und packte sie in seinen Rucksack. „Wir müssen hier raus. Wenn die Sicherheitsmaßnahmen greifen, könnte das gesamte Gebäude abgeriegelt werden."

„Wartet," sagte Dragica plötzlich und deutete auf einen der Monitore. Es zeigte einen Live-Feed von mehreren Räumen der Einrichtung – darunter eine kleine Kammer, in der sich ein weiteres Team von Wissenschaftlern hektisch bewegte.

„Was machen die da?" fragte Santiago.

„Das ist der Prototyp," sagte Luka düster. „Sie versuchen, ihn zu sichern. Wenn sie damit entkommen, war das hier alles umsonst."

„Dann dürfen wir sie nicht gehen lassen," sagte Dragica entschlossen.

Santiago sah zwischen dem Monitor und Luka hin und her. „Wir haben zwei Optionen. Entweder wir bringen die Sprengladungen an und riskieren, dass sie mit dem Prototyp entkommen. Oder wir gehen hinter ihnen her und verhindern das persönlich."

Dragica zog die Lippen zusammen, ihr Blick war scharf wie ein Messer. „Wir haben keine Zeit für beides. Entscheidet euch."

Luka trat näher. „Die Sprengladung allein reicht nicht, um ihre Arbeit zu stoppen. Sie haben Backups – Daten, Proben, vielleicht sogar mobile Laboratorien."

„Das heißt, wir müssen sie direkt konfrontieren," sagte Santiago.

Dragica nickte knapp. „Dann los. Keine halben Sachen."

Die Konfrontation

Sie stürmten durch den Flur in Richtung der Kammer, in der das andere Team arbeitete. Die Zeit drängte, und Dragica konnte spüren, wie ihr Herzschlag sich beschleunigte.

Vor der Tür hielten sie an. Luka warf einen Blick auf das Sicherheitspanel. „Verriegelt. Natürlich."

„Wie lange brauchst du?" fragte Dragica.

„Zwei Minuten," sagte Luka.

„Du hast eine."

Während Luka am Panel arbeitete, spürte Dragica, wie sich die Anspannung im Raum verdichtete. Santiago stand dicht hinter ihr, seine Waffe bereit, und seine Atmung war ruhig, aber konzentriert.

Endlich piepte das Schloss, und die Tür öffnete sich.

Sie stürmten hinein, die Waffen erhoben. Die Wissenschaftler erstarrten, als sie sie sahen.

„Hände hoch!" rief Dragica.

Doch einer von ihnen – eine Frau mit kalten, entschlossenen Augen – hob keinen Finger. Stattdessen drückte sie einen Knopf auf ihrer Konsole.

„Nein!" schrie Santiago.

Ein schrilles Geräusch erfüllte den Raum, und plötzlich begannen die Geräte zu summen. Die grünen Flüssigkeitsbehälter im Raum leuchteten auf, und ein Gas begann aus den Düsen an der Decke zu strömen.

„Sie haben es aktiviert," murmelte Luka.

Kapitel 5

-

Die Wahl

Dragica sah sich hektisch um. „Wie stoppen wir das?"

„Ihr könnt es nicht mehr stoppen," sagte die Frau ruhig, fast triumphierend. „Genesis ist nicht nur ein Experiment. Es ist die Zukunft."

„Ihre Zukunft vielleicht," sagte Santiago, bevor er auf das Bedienpult schoss. Funken sprühten, und die Maschinen begannen zu stottern.

„Das wird nicht reichen," sagte Luka, während er das Panel untersuchte. „Wir müssen die Hauptenergiequelle abschalten – sie ist in der Zentraleinheit, zwei Stockwerke tiefer."

„Wir haben keine Zeit," sagte Dragica.

„Ihr habt keine Wahl," sagte Luka ernst.

„Fliehen," sagte Dragica entschieden, während sie die Flammen aus den zerstörten Konsolen beobachtete. „Es bringt nichts, Helden zu spielen und hier zu sterben. Wir nehmen, was wir können, und verschwinden."

Santiago warf ihr einen Blick zu, in dem sich Zorn und Frustration mischten, aber auch Verständnis. „Wenn wir das Gas einatmen, sind wir ohnehin tot."

Luka nickte grimmig. „Ich hoffe, ihr beide könnt schnell laufen."

Ohne zu zögern griff Santiago nach einer Tasche voller Dokumente und elektronischer Geräte, die er in einer Ecke entdeckt hatte. Dragica packte einen kleinen, versiegelten Behälter mit einer leuchtend grünen Flüssigkeit. Sie wusste nicht genau, was es war, aber es wirkte wichtig – vielleicht sogar ein Teil des Prototyps.

„Los!" rief Luka und führte sie zurück in den Flur. Hinter ihnen begann das Gas die Kammer zu füllen, und ein lauter Alarm schrillte durch die gesamte Anlage.

Die Flure, die sie zuvor so leise durchquert hatten, waren jetzt voller Bewegung. Sicherheitskräfte stürmten von allen Seiten herbei, und die rote Notbeleuchtung warf unheilvolle Schatten auf die Wände.

„Rechts!" rief Luka, und Dragica drehte sich gerade noch rechtzeitig, um zwei Männer mit Gewehren zu sehen. Sie ließ sich auf ein Knie fallen und drückte zweimal ab – die Wachen fielen zu Boden, bevor sie reagieren konnten.

„Beeindruckend," keuchte Santiago, während er hinter ihr Deckung suchte.

„Danke," schnappte sie. „Lauf weiter."

Die Gruppe kämpfte sich durch das Gebäude, die Geräusche ihrer Verfolger wurden immer lauter. Dragica spürte, wie ihr Adrenalin sie wachhielt, aber ihre Muskeln begannen bereits zu brennen.

„Der Ausgang ist nah!" rief Luka.

Doch als sie um die letzte Ecke bogen, sahen sie, dass mindestens sechs bewaffnete Männer den Weg versperrten.

„Verdammt," murmelte Santiago.

„Nicht aufgeben," sagte Dragica, ihre Augen suchten hektisch nach einem Ausweg.

„Ich lenke sie ab," sagte Luka plötzlich.

„Was?! Nein!" protestierte Santiago.

„Ihr müsst das hier rausbringen," sagte Luka fest und zeigte auf die Behälter und Dokumente, die sie trugen. „Ohne das war alles umsonst."

Dragica sah ihn an, ihr Blick hart, aber voller Respekt. „Du weißt, was das bedeutet?"

„Ich weiß," sagte Luka. „Und jetzt geh."

Bevor sie etwas erwidern konnte, stürmte er aus der Deckung und feuerte auf die Männer, seine Schreie hallten durch den Flur. Die Wachen richteten ihre Waffen auf ihn, und Dragica nutzte den Moment, um mit Santiago an den Gegnern vorbei in einen Seitengang zu schlüpfen.

Die beiden rannten weiter, die Schreie und Schüsse hinter ihnen wurden immer leiser. Schließlich erreichten sie eine schwere Metalltür, die ins Freie führte.

„Schnell!" rief Santiago, als Dragica die Tür aufdrückte. Kalte Nachtluft strömte ihnen entgegen, und für einen Moment fühlte sich die Welt wieder weit und offen an.

Doch die Freiheit war trügerisch. Im Hof wartete ein gepanzerter Wagen, aus dem weitere Männer stiegen.

„Kein Ende in Sicht," murmelte Dragica, während sie ihre Waffe hob.

„Warte," sagte Santiago plötzlich und zog ein kleines Gerät aus seiner Tasche. „Die Drohne."

Er aktivierte das Gerät, und wenige Sekunden später hörten sie das laute Summen eines Quadcopters, der über ihnen schwebte. Die Männer sahen verwirrt auf, als die Drohne ihre Aufmerksamkeit auf sich zog.

„Jetzt oder nie!" rief Dragica, und sie sprinteten los, während die Drohne Kugeln auf sich zog.

Als sie die Mauer des Geländes erreichten, zog Santiago eine kleine Sprengladung aus seinem Rucksack.

„Deckung!" schrie er, als er die Ladung anbrachte und detonieren ließ. Die Explosion riss ein Loch in die Betonwand, und die beiden warfen sich hindurch, gerade als die Männer hinter ihnen wieder auf sie feuerten.

Sie rollten über den Boden, husteten vor Staub und Rauch, aber sie waren draußen.

Dragica richtete sich langsam auf und zog Santiago auf die Beine. „Du bist okay?"

„Ich glaube schon," keuchte er.

Hinter ihnen hörten sie die Wachen schreien, aber der Wald, der das Gelände umgab, bot ihnen Schutz.

„Wir müssen tiefer in den Wald," sagte Dragica, während sie sich umdrehte. „Sie werden uns suchen."

Santiago nickte, und zusammen verschwanden sie in der Dunkelheit.

Nachdem sie eine sichere Distanz zurückgelegt hatten, sanken sie beide an einem umgestürzten Baumstamm

zu Boden. Dragica spürte, wie ihre Hände zitterten –
nicht nur vor Anstrengung, sondern auch vor dem
Verlust.

„Luka..." murmelte Santiago leise.

Dragica schüttelte den Kopf. „Er hat gewusst, was er
tut."

„Das macht es nicht leichter," sagte Santiago, seine
Stimme voller Schuld.

Sie saßen eine Weile schweigend da, nur das Geräusch
ihrer schweren Atemzüge und das Rascheln der Bäume
war zu hören.

Dragica hob schließlich den Behälter mit der grünen
Flüssigkeit an. „Was auch immer das ist... Es könnte
alles verändern."

„Dann sollten wir besser herausfinden, was es genau
ist," sagte Santiago und sah sie an, sein Blick voller
Entschlossenheit.

„Das werden wir," sagte Dragica leise.

Im Hintergrund hallte ein entferntes Echo von Sirenen
durch den Wald, und sie wussten, dass ihre Flucht noch
lange nicht vorbei war.

Der Wald hüllte sie in Dunkelheit, während sie tiefer in
die Wildnis flohen. Die Geräusche der Verfolger hatten
sich entfernt, aber Dragica wusste, dass es nur eine
Frage der Zeit war, bis Sol Invictus sie wieder aufspüren
würde.

„Wir können nicht ewig laufen," keuchte sie, ihre Hände
auf den Knien abgestützt.

Santiago wischte sich den Schweiß von der Stirn und nickte. „Wir brauchen Deckung. Eine Möglichkeit, uns zu verstecken und unsere nächsten Schritte zu planen."

Dragica ließ ihren Blick schweifen, suchte in der Dunkelheit nach Orientierungspunkten. Der Wald war dicht, die Bäume hoch und uralt. Schließlich entdeckte sie eine verfallene Jagdhütte, halb verborgen unter Efeu.

„Dort," sagte sie, und ohne ein weiteres Wort eilten sie darauf zu.

Die Hütte war in einem desolaten Zustand – das Dach war an einer Seite eingestürzt, und der Innenraum roch muffig. Doch sie bot Schutz, und das war alles, was zählte.

„Hier sollten wir für eine Weile sicher sein," sagte Dragica, als sie die Tür verriegelte und das Fenster mit Brettern abdeckte.

Santiago setzte sich auf einen alten Stuhl und zog den Behälter mit der grünen Flüssigkeit aus seinem Rucksack. Er hielt ihn gegen das schummrige Licht einer Taschenlampe, sein Gesicht voller Sorge.

„Was auch immer das ist, es ist nicht stabil. Wir müssen es analysieren, bevor es uns nichts mehr nützt."

„Und wie willst du das anstellen?" fragte Dragica, ihre Stimme schärfer als beabsichtigt.

„Ich habe noch einige Werkzeuge in meinem Versteck in Barcelona," sagte Santiago. „Dort könnten wir es untersuchen."

Dragica schnaubte. „Barcelona? Das ist ein verdammter Kontinent entfernt! Wie sollen wir da hinkommen, ohne dass sie uns aufspüren?"

Santiago sah sie an, seine Augen ernst. „Indem wir klüger sind als sie. Sie mögen mächtig sein, aber sie sind nicht allmächtig."

Während sie planten, ließ Dragica ihren Gedanken freien Lauf. Der Verräter im Labor – der junge Wissenschaftler mit der Brille – war nicht der Einzige, der für Sol Invictus gearbeitet hatte. Sie spürte es.

„Santiago," begann sie langsam, „du hast mit diesen Leuten jahrelang gearbeitet. Kannst du ehrlich sagen, dass du niemandem misstraut hast?"

Er hielt inne, seine Stirn in Falten gelegt. „Es gab immer Spannungen, Rivalitäten. Aber ich hätte nie gedacht, dass jemand so weit gehen würde. Sol Invictus muss eine tiefere Macht gehabt haben, als wir ahnten."

Dragica runzelte die Stirn. „Die Frau im Labor. Sie wusste genau, was sie tat, als sie den Prototyp aktivierte. Wer war sie?"

Santiago rieb sich die Schläfen. „Dr. Marina Costa. Sie war eine der leitenden Entwicklerinnen für das Genesis-Projekt. Brilliant, ehrgeizig… aber immer ein bisschen abseits. Ich hätte sie niemals verdächtigt."

„Und was, wenn sie nicht die Einzige war?" sagte Dragica leise.

Santiago sah sie an, und eine unbehagliche Stille breitete sich aus.

„Wir müssen uns auf die Möglichkeit vorbereiten, dass sie Informationen haben, die wir nicht kennen," fügte Dragica hinzu. „Das heißt, niemandem vertrauen. Nicht einmal anderen Wissenschaftlern."

Ein plötzlicher Schlag gegen die Tür ließ sie beide zusammenzucken. Dragica griff sofort nach ihrer Waffe, während Santiago die Taschenlampe ausknipste.

„Wer ist da?" rief sie, ihre Stimme fest.

„Ihr habt nicht viel Zeit," erklang eine raue, männliche Stimme von draußen.

Dragica sah zu Santiago, der fragend die Augenbrauen hob. Sie nickte ihm zu, dann öffnete sie langsam die Tür, die Waffe immer noch erhoben.

Ein Mann trat ein – mittelgroß, mit einem wettergegerbten Gesicht und einer Pistole im Gürtel. Seine Kleidung war zerschlissen, aber seine Augen wirkten hellwach.

„Wer bist du?" fragte Dragica scharf.

„Ein Freund," sagte der Mann. „Oder zumindest jemand, der weiß, dass ihr in Schwierigkeiten seid."

„Wie kannst du uns gefunden haben?" wollte Santiago wissen.

Der Mann zuckte mit den Schultern. „Ihr wart nicht so unauffällig, wie ihr dachtet. Die Wälder hier sind voller Augen – und nicht alle gehören zu Sol Invictus."

Dragica hielt die Waffe auf ihn gerichtet. „Beweise, dass du kein Verräter bist, bevor wir dir vertrauen."

Der Mann lächelte dünn. „Ich bin kein Verräter. Aber wenn ihr es unbedingt wissen wollt: Ich habe Kontakte in Sol Invictus. Ihre Pläne sind größer, als ihr euch vorstellen könnt."

„Wer bist du?" fragte Santiago erneut, diesmal mit Nachdruck.

Der Mann sah ihn an, seine Augen plötzlich voller Schärfe.

„Mein Name ist Andrei Vuko. Und wenn ihr leben wollt, dann kommt ihr besser mit mir."

Dragica und Santiago tauschten einen Blick aus.

„Und wenn wir nicht mitkommen?" fragte Dragica kalt.

„Dann werdet ihr in weniger als einer Stunde tot sein," sagte Andrei und deutete mit dem Kopf zur Tür. „Sie sind schon auf dem Weg hierher."

Dragica schloss die Tür hinter sich, die Waffe weiterhin auf Andrei gerichtet, während er durch die Bäume führte. Der Wald war still, abgesehen vom Rascheln ihrer Schritte und dem gelegentlichen Rufen von Nachtvögeln. Doch sie wusste, dass die Ruhe trügerisch war.

„Wohin bringst du uns?" fragte sie.

„Zu einem Unterschlupf. Nicht weit von hier," antwortete Andrei, ohne sich umzudrehen.

„Warum hilfst du uns?" fragte Santiago skeptisch.

Andrei blieb stehen und drehte sich zu ihnen um. Sein Gesicht war ernst, aber nicht feindselig. „Weil ich Sol Invictus mehr hasse, als ihr euch vorstellen könnt. Sie haben meine Familie zerstört, mein Leben genommen und mich zu einem ihrer Werkzeuge gemacht. Aber das heißt nicht, dass ich loyal bin."

Dragica und Santiago tauschten einen Blick. Vertrauen war ein Luxus, den sie sich nicht leisten konnten, aber sie hatten keine Wahl.

„Gut," sagte Dragica knapp. „Aber wenn das eine Falle ist, wird das Letzte, was du siehst, der Lauf meiner Waffe sein."

Andrei nickte. „Fair."

Kapitel 6

\-

Ein neues Versteck

Nach weiteren zehn Minuten erreichten sie eine verlassene Scheune, die tief im Wald lag. Andrei zog eine Taschenlampe hervor und leuchtete in den Raum, um sicherzustellen, dass niemand außer ihnen dort war.

„Es ist nicht viel, aber es wird uns Zeit verschaffen," sagte er und schloss die Tür hinter ihnen.

Die Scheune war staubig, mit Spinnweben in den Ecken, aber sie war trocken und abgelegen. Dragica setzte sich auf einen umgestürzten Holzbalken, während Santiago den Behälter mit der grünen Flüssigkeit aus seinem Rucksack zog und ihn auf einen Tisch stellte.

„Was genau wisst ihr über Sol Invictus?" fragte Andrei, während er sich gegen die Wand lehnte.

Santiago sah auf, seine Augen schmal. „Wahrscheinlich nicht genug. Sie sind ein Geheimbund, der in den Schatten operiert, mit Verbindungen zu Regierungen, Konzernen und Organisationen weltweit. Ihr Ziel ist es, die Weltwirtschaft und die menschliche Entwicklung nach ihren eigenen Vorstellungen zu formen."

Andrei nickte langsam. „Richtig. Aber es geht noch tiefer. Sie kontrollieren nicht nur, was ihr seht und hört – sie beeinflussen, was ihr glaubt. Jeder Wissenschaftler, den sie rekrutieren, wird entweder gebrochen oder eliminiert, sobald er seine Nützlichkeit verliert."

„Und du?" fragte Dragica.

„Ich war nützlich – für eine Weile," sagte Andrei düster. „Als ich zu gefährlich wurde, haben sie versucht, mich zu beseitigen. Sie haben nicht damit gerechnet, dass ich überlebe."

Santiago lehnte sich nach vorne, seine Stimme scharf. „Du hast Kontakte in Sol Invictus erwähnt. Kannst du uns sagen, wer uns verraten hat?"

Andrei schwieg einen Moment, dann sagte er: „Es war Dr. Costa. Sie ist nicht nur eine Verräterin, sondern eine der Anführerinnen von Sol Invictus. Sie hat euch alle überwacht, seit das Genesis-Projekt begonnen hat."

Dragica spürte, wie sich ihr Magen zusammenzog. „Also war das kein Zufall, dass sie das Gas aktiviert hat."

„Nein," sagte Andrei. „Es war ein Test. Sie wollte sehen, wie ihr reagiert – und vor allem, ob ihr es schafft, etwas Wertvolles aus dem Labor zu retten."

„Wieso das?" fragte Santiago verwirrt.

„Weil sie das Genesis-Projekt weiterentwickeln will. Aber sie will, dass ihr die Drecksarbeit macht. Wenn ihr Erfolg habt, wird sie euch beseitigen und den Ruhm für sich beanspruchen."

Dragica erhob sich und begann, nervös auf und ab zu gehen.

„Wenn das stimmt, haben wir noch weniger Zeit, als wir dachten. Wir müssen raus aus diesem Land und die Proben in Sicherheit bringen."

Andrei schüttelte den Kopf. „Ihr habt keine Chance, unentdeckt zu bleiben, wenn ihr flieht. Sie haben überall Augen und Ohren. Ihr müsst einen anderen Weg finden."

„Und was schlägst du vor?" fragte Dragica.

Ein schiefes Lächeln zog sich über seine Lippen. „Ihr müsst sie täuschen. Gebt vor, mit ihnen zu kooperieren. Nutzt die Ressourcen, die sie euch bieten, um das Projekt weiterzuführen – aber arbeitet im Hintergrund an einer Gegenstrategie."

Santiago runzelte die Stirn. „Das ist Wahnsinn. Sie werden uns ständig überwachen."

„Ja," sagte Andrei ruhig. „Aber ihr habt mich."

Dragica hob eine Augenbraue. „Was willst du damit sagen?"

„Ich kenne ihre Netzwerke, ihre Methoden, ihre Schwächen. Wenn wir zusammenarbeiten, kann ich euch helfen, ihre Überwachung zu umgehen. Aber dafür müsst ihr mir vertrauen."

Ein schweres Schweigen senkte sich über die Scheune.

„Das ist ein hohes Risiko," sagte Santiago schließlich. „Wenn sie herausfinden, dass wir doppelt spielen, sind wir tot."

„Wir sind ohnehin tot, wenn wir nichts unternehmen," erwiderte Dragica. „Wenn Andrei wirklich weiß, wie Sol Invictus funktioniert, könnten wir eine Chance haben."

Santiago sah sie an, seine Augen suchten nach einer Alternative, doch es gab keine. Schließlich nickte er langsam. „Okay. Aber nur, weil wir keine andere Wahl haben."

Andrei lächelte dünn. „Das ist ein Anfang."

Dragica trat näher an ihn heran, ihre Augen schmal. „Wenn du uns betrügst, wirst du es bereuen."

„Ich würde nichts anderes erwarten," sagte er ruhig.

Während die Nacht fortschritt, begann das Trio, einen Plan zu schmieden. Andrei erklärte, wie sie gefälschte Informationen an Sol Invictus weitergeben konnten, um sie abzulenken, während sie heimlich ihre eigenen Ziele verfolgten.

„Zuerst müssen wir einen sicheren Kommunikationskanal einrichten," sagte Andrei. „Und dann einen Weg finden, wie wir Prototypen entwickeln können, ohne dass sie es bemerken."

Dragica nickte, ihre Gedanken rasten. Der Weg vor ihnen war gefährlich, aber er war besser als keine Hoffnung.

In ihrem Inneren spürte sie etwas Neues – nicht nur die Last der Verantwortung, sondern auch einen Funken

Entschlossenheit. Sie würde kämpfen, für Santiago, für Luka und für alles, was noch auf dem Spiel stand.

Ihre Augen trafen Santiagos, und für einen Moment schien die Welt stillzustehen.

„Wir schaffen das," flüsterte sie.

„Ja," antwortete er leise. „Zusammen."

Doch in der Ferne erklang ein Geräusch, das ihre Pläne wieder ins Wanken bringen könnte – das Brummen von Helikoptern, die den Wald durchkämmten.

Das Dröhnen der Rotoren ließ die Wände der Scheune vibrieren. Dragica sprang auf die Füße, während

Santiago hektisch seinen Rucksack packte. Andrei bewegte sich blitzschnell zur Tür und spähte durch einen schmalen Spalt hinaus.

„Sie haben uns gefunden," sagte er leise.

„Wie viel Zeit haben wir?" fragte Dragica.

Andrei schüttelte den Kopf. „Keine Ahnung. Aber wenn sie Helikopter einsetzen, suchen sie systematisch. Sie werden uns bald erreichen."

Santiago fluchte. „Was schlagen wir vor? Verstecken? Fliehen?"

Andrei wandte sich um, sein Gesicht ernst. „Weder noch. Ihr müsst die Aufmerksamkeit auf mich lenken. Wenn ich ihre Verfolger ablenke, habt ihr eine Chance, das Gebiet zu verlassen."

„Das ist Selbstmord," protestierte Dragica.

Andrei zuckte mit den Schultern. „Vielleicht. Aber ich bin besser darin, unterzutauchen, als ihr denkt."

„Das können wir nicht zulassen," begann Santiago, doch Dragica hob eine Hand, um ihn zum Schweigen zu bringen.

„Er hat recht," sagte sie langsam. „Wenn wir alle zusammen fliehen, sind wir ein zu großes Ziel. Aber..." Sie wandte sich an Andrei. „Du wirst uns danach wiederfinden, richtig?"

Ein dünnes Lächeln zog sich über seine Lippen. „Versprochen. Jetzt los, ich brauche ein paar Minuten, um sie abzulenken."

Andrei zog eine kleine Rauchgranate aus seiner Tasche und reichte Dragica einen Zettel. „Hier ist eine Adresse in der Nähe. Ein alter Kontakt von mir. Er kann euch vorübergehend verstecken."

„Und was machst du?" fragte Santiago.

„Euch Zeit verschaffen," sagte Andrei und trat nach draußen, wo er sich in den Schatten verlor.

„Wir müssen jetzt gehen," drängte Dragica. Santiago nickte, und sie verließen die Scheune durch eine hintere Öffnung, schleichend und wachsam.

Das Brummen der Helikopter verstärkte sich, und Dragica spürte, wie ihre Anspannung wuchs. Jeder Ast, der unter ihren Füßen knackte, klang für sie wie ein Gewehrschuss.

Plötzlich ertönte ein ohrenbetäubendes Krachen, gefolgt von einer Wolke aus Rauch, die in die Baumkronen stieg. Andrei hatte seinen Ablenkungsplan in die Tat umgesetzt.

„Das ist unsere Chance," flüsterte Dragica, und sie liefen los.

Nach einer Stunde des Laufens erreichten sie eine kleine Hütte am Rand eines Flusses. Die Adresse auf dem Zettel stimmte, doch das Gebäude wirkte verlassen.

„Bist du sicher, dass das der Ort ist?" fragte Santiago skeptisch.

Dragica nickte, ihre Augen über die Umgebung wandernd. „Andrei hat uns bisher nicht belogen."

Santiago klopfte an die Tür, und nach einem Moment öffnete ein alter Mann mit einem grauen Bart und einem scharfen Blick.

„Andrei hat euch geschickt?" fragte er knapp.

„Ja," sagte Dragica. „Er sagte, Sie könnten uns helfen."

Der Mann nickte, trat zur Seite und ließ sie eintreten. Die Hütte war spartanisch eingerichtet, aber sauber.

„Ich bin Mateo," sagte der Mann. „Ihr seid sicher – für den Moment."

Mateo brachte ihnen Wasser und einfache Nahrung, während sie ihre Situation besprachen. Santiago breitete die wenigen Notizen und Proben, die sie aus dem Labor retten konnten, auf einem kleinen Tisch aus.

„Wir brauchen eine langfristige Strategie," sagte Santiago. „Die Proben allein werden uns nichts nützen, wenn wir sie nicht analysieren können."

„Barcelona," murmelte Dragica. „Das ist unser Ziel. Aber wir müssen einen sicheren Weg dorthin finden."

Mateo hob eine Augenbraue. „Barcelona ist ein gefährliches Ziel. Sol Invictus hat dort eine starke Präsenz."

„Genau deshalb müssen wir dorthin," sagte Santiago. „Wir brauchen die Ausrüstung, die ich dort versteckt habe."

Mateo nickte langsam. „Ich kenne jemanden, der euch helfen könnte. Aber es wird nicht billig sein – oder einfach."

„Was meinen Sie?" fragte Dragica.

Mateo zog ein altes Notizbuch hervor und blätterte durch die Seiten. „Ein ehemaliger Schlepper, der sich auf gefälschte Identitäten und geheime Routen spezialisiert hat. Er schuldet mir noch einen Gefallen."

Während Mateo ihre Fluchtmöglichkeiten erklärte, blieb Santiago stumm, seine Augen auf die Proben gerichtet.

„Was ist?" fragte Dragica schließlich, als sie seine Anspannung bemerkte.

Santiago hielt die Flasche mit der grünen Flüssigkeit hoch. „Diese Substanz… sie verändert sich schneller, als ich dachte. Wenn wir sie nicht bald stabilisieren, könnten wir alles verlieren."

„Wie viel Zeit haben wir?" fragte Dragica.

„Vielleicht ein paar Tage, höchstens," antwortete er.

Mateo runzelte die Stirn. „Dann müsst ihr sofort aufbrechen. Ich werde meinen Kontakt informieren."

„Danke," sagte Dragica. „Wir schulden Ihnen viel."

Mateo winkte ab. „Wenn Andrei euch vertraut, vertraue ich euch auch. Aber seid vorsichtig. Sol Invictus ist überall – und sie haben Augen und Ohren, von denen ihr nichts wisst."

Als die Nacht tiefer wurde, saßen Dragica und Santiago allein in der Hütte, während Mateo draußen wachte.

„Glaubst du, Andrei hat es geschafft?" fragte Santiago leise.

„Ich weiß es nicht," antwortete Dragica ehrlich. „Aber ich hoffe es."

Plötzlich klopfte es an der Tür, leise, aber bestimmt. Beide sprangen auf, Dragica griff nach ihrer Waffe.

„Wer ist da?" rief sie.

„Ich hoffe, ihr habt das Essen nicht ohne mich begonnen," erklang eine vertraute Stimme.

Dragica öffnete die Tür und sah Andrei, erschöpft, aber lebendig, mit einem schiefen Grinsen auf dem Gesicht.

„Ich habe euch gesagt, dass ich euch wiederfinde," sagte er, bevor er hereinkam und die Tür hinter sich schloss.

„Du hast Nerven," sagte Dragica, aber ein Lächeln zuckte über ihre Lippen.

„Ich bin noch nicht tot, oder?" sagte Andrei trocken. „Jetzt lasst uns darüber reden, wie wir von hier verschwinden."

Dragica und Santiago tauschten einen Blick. Der Kampf war noch lange nicht vorbei, aber sie waren bereit.

Die Hütte war still, bis auf das gelegentliche Knistern des Holzofens. Mateo hatte Andrei begrüßt, aber seine Miene blieb misstrauisch. Dragica saß auf einem alten Stuhl, die Waffe neben sich, und starrte auf die Flasche mit der grünen Flüssigkeit.

„Was hast du herausgefunden?" fragte sie Andrei.

Er ließ sich schwer auf eine Kiste sinken und massierte sich die Schläfen. „Die Ablenkung hat funktioniert. Sie glauben, ihr seid weiter südlich unterwegs. Aber das gibt uns vielleicht nur einen Tag Vorsprung."

„Ein Tag reicht nicht," sagte Santiago entschieden. „Wir brauchen mehr Zeit, um diese Formel zu stabilisieren. Ohne sie ist alles verloren."

Mateo trat näher, eine alte Karte in der Hand. „Ihr müsst heute Nacht los. Der Kontakt, von dem ich sprach, kann euch nach Barcelona bringen. Er ist unzuverlässig, aber effektiv."

„Wie unzuverlässig?" fragte Andrei skeptisch.

Mateo zuckte mit den Schultern. „Er arbeitet für den, der am meisten bezahlt. Aber solange ihr nicht zu viel Aufmerksamkeit auf euch zieht, wird er euch nicht verraten."

Kapitel 7

-

Eine riskante Überfahrt

In der Dunkelheit der Nacht führte Mateo die Gruppe zu einem versteckten Ufer, wo ein kleines Motorboot im seichten Wasser lag. Ein Mann mit einem wettergegerbten Gesicht und misstrauischen Augen wartete dort.

„Das ist Luc," sagte Mateo. „Er wird euch sicher bis zur Küste von Katalonien bringen."

„Was ist mit dir?" fragte Dragica.

Mateo schüttelte den Kopf. „Ich komme nicht mit. Sol Invictus weiß, dass ich existiere. Wenn ich mit euch gehe, ziehe ich nur unnötige Aufmerksamkeit auf euch."

Dragica wollte protestieren, doch Santiago legte ihr eine Hand auf die Schulter. „Er hat recht. Wir müssen das Risiko minimieren."

Luc nickte knapp und half ihnen, das Boot zu beladen. „Keine Fragen. Keine Geräusche," sagte er kurz angebunden.

Die Überfahrt verlief still, nur das leise Summen des Motors durchbrach die Stille. Dragica hielt die Waffe fest in der Hand, bereit für das Schlimmste.

Sie erreichten die Küste Kataloniens kurz vor Sonnenaufgang. Luc ließ sie an einem verlassenen

Strand aussteigen, bevor er wortlos wieder in der Dunkelheit verschwand.

„Willkommen in Barcelona," sagte Andrei trocken, während er sich umsah.

Santiago deutete in Richtung der Stadtlichter, die am Horizont glommen. „Wir müssen ins Zentrum. Dort habe ich ein altes Versteck mit der Ausrüstung, die wir brauchen."

„Wie weit ist es?" fragte Dragica.

„Zu Fuß? Zwei Stunden."

„Dann sollten wir uns beeilen," sagte Andrei.

Das Versteck befand sich in einem verlassenen Keller unter einem Buchladen in der Altstadt. Santiago führte sie durch enge Gassen, bis sie eine unscheinbare Tür erreichten.

„Hier," sagte er leise und zog einen alten Schlüssel hervor.

Die Tür öffnete sich mit einem Quietschen, und sie traten in die Dunkelheit. Im Keller standen alte Regale, die mit Staub bedeckt waren, aber in einer Ecke befand sich ein verstecktes Labor. Santiago schaltete das Licht ein, und Dragica sah sich beeindruckt um.

„Du hast das alles hierhergebracht?" fragte sie.

„Ich habe geplant, dass es einmal nützlich sein könnte," antwortete Santiago und begann sofort, die Ausrüstung zu überprüfen.

Andrei blieb in der Nähe der Treppe, seine Waffe in der Hand, während Dragica sich zu Santiago gesellte.

„Wie lange brauchst du, um die Formel zu stabilisieren?" fragte sie.

„Das hängt davon ab, ob die Geräte noch funktionieren," sagte er und schaltete eine alte Zentrifuge ein. „Vielleicht einen Tag, wenn alles gut läuft."

Doch während Santiago arbeitete, hatte Dragica ein mulmiges Gefühl. Etwas stimmte nicht. Die Straßen draußen waren zu still, und Andrei war ungewöhnlich angespannt.

„Was ist los?" fragte sie ihn.

„Ich weiß es nicht," murmelte Andrei. „Aber ich habe das Gefühl, dass wir beobachtet werden."

Kaum hatte er das gesagt, hörten sie ein leises Geräusch von oben. Schritte.

Dragica zog ihre Waffe, und Andrei spannte seinen Körper an. Santiago hielt inne und sah sie an, sein Gesicht besorgt.

„Sie haben uns gefunden," flüsterte er.

Die Tür oben wurde langsam geöffnet, und das Licht eines Taschenlampenstrahls fiel die Treppe hinunter.

„Keine Bewegung," sagte eine tiefe Stimme.

Dragica erkannte die Stimme sofort. Es war Dr. Costa.

„Ihr dachtet wirklich, ihr könntet uns entkommen?" fragte sie spöttisch, als sie langsam die Treppe hinunterging. Hinter ihr waren mehrere Männer mit Waffen.

„Was willst du?" fragte Dragica kalt.

„Nur das, was rechtmäßig Sol Invictus gehört,"
antwortete Costa und zeigte auf die grüne Flüssigkeit.

„Das wirst du nicht bekommen," sagte Santiago fest.

Costa lachte leise. „Wir werden sehen."

Dragica tauschte einen Blick mit Andrei. Sie wussten,
dass sie nur eine Chance hatten. Plötzlich ließ Andrei
einen kleinen, verborgenen Dolch fallen, der ein lautes
Klirren verursachte. Die Wachen schauten reflexartig
hin, und Dragica nutzte den Moment, um auf Costa zu
zielen.

„Nicht bewegen!" rief sie, die Waffe fest in der Hand.

Doch Costa grinste nur. „Denkst du wirklich, du kannst
gewinnen? Wir haben euch längst in der Hand."

„Vielleicht," sagte Dragica. „Aber heute Nacht
entscheide ich, wer überlebt."

Die Spannung im Raum war greifbar. Santiago schob
sich unauffällig in Richtung des Labortisches, während
Andrei langsam einen weiteren Dolch aus seinem Ärmel
zog.

Dann, in einem Blitz aus Bewegung, brach Chaos aus.

Für einen Herzschlag lang erstarrten alle, doch dann
fegten Schüsse durch den Raum. Das grelle Aufblitzen
der Mündungsfeuer tauchte den Keller in flackerndes
Licht, und überall hallten Kommandorufe und das
Splittern von Glas wider.

Dragica reagierte instinktiv. Sie warf sich zur Seite und
spürte, wie eine Kugel dicht an ihrer Schulter
vorbeizischte. Ihr Herz trommelte in ihrer Brust, während

sie aus ihrer geduckten Position heraus das Feuer erwiderte.

„Santiago, pass auf die Formel auf!" schrie sie.

An der gegenüberliegenden Seite kämpfte Andrei wie ein Schatten. Geschmeidig wie ein Raubtier tauchte er hinter Regalen hervor, warf einen Dolch nach einem der bewaffneten Männer und zog sich wieder zurück, bevor sein Gegner reagieren konnte.

Dr. Costa verharrte inmitten der Schüsse unerklärlich ruhig, fast so, als würde sie das Chaos genießen. Dann machte sie einen Schritt vorwärts, den Blick unverwandt auf Santiago gerichtet, der sich hinter dem Labortisch duckte.

„Genug, Santiago!" rief sie, ihre Stimme laut genug, um die Schüsse für einen Moment zu übertönen. „Wir wissen beide, dass die Welt sich nur durch Genesis retten lässt. Hör auf, dieses Schicksal zu bekämpfen!"

Santiago erwiderte nichts. Er konzentrierte sich darauf, die grüne Flüssigkeit vor umherfliegenden Kugeln zu schützen. Ein Behälter zerschellte bereits an einer Kante des Tisches – kostbare Ausrüstung, die er gebraucht hätte.

Dragica sah, wie zwei Sol-Invictus-Männer auf der rechten Seite vorrückten, die Waffen im Anschlag. Sie konnte den Lauf einer Maschinenpistole im Augenwinkel erkennen, also ließ sie sich wieder fallen, robbte unter einen alten, hölzernen Arbeitstisch und zielte vorsichtig auf deren Beine.

Knall! Knall! Zwei gezielte Schüsse trafen die Angreifer, und sie sackten mit gequälten Schreien zusammen.

„Costa!" rief Dragica, während sie den Lauf ihrer Pistole auf die Wissenschaftlerin richtete. „Beenden Sie das! Niemand muss hier sterben, wenn Sie jetzt aufgeben."

Costa schenkte ihr nur ein spöttisches Lächeln, dann hob sie langsam eine Hand – nicht zum Zeichen des Aufgebens, sondern als lautlosen Befehl an den nächsten Trupp, der hinter ihr in den Keller stürmte.

Weitere Männer strömten herbei, und plötzlich standen Dragica und Andrei in der Unterzahl. Ein paar Regalbretter stürzten lärmend zu Boden, als Santiago einen der Angreifer beiseite schubste, der zu nah an den Labortisch gekommen war.

„Wir müssen hier raus!" keuchte Santiago, den Koffer mit der grünen Flüssigkeit krampfhaft an sich gedrückt.

Andrei wirbelte herum, trat den nächsten Soldaten zu Boden und deutete mit dem Kopf auf eine zweite Tür, die in den hintersten Teil des Kellers führte. „Dort lang!"

Dragica atmete einmal tief durch. Ihr blieb keine Wahl – gegen diese Übermacht hätten sie nicht lange eine Chance.

„Deckung!" schrie sie und feuerte in Richtung der Feinde, um ihnen ein paar Sekunden zu verschaffen.

Andrei und Santiago stürmten in den engen Gang, Dragica direkt hinter ihnen. Die Luft war feucht und modrig, und ihre Schritte hallten auf dem steinigen Boden.

Hinter ihnen im Hauptraum hörten sie Dr. Costa lauter als zuvor: „Verfolgt sie! Auf keinen Fall dürfen sie die Formel aus Barcelona wegbringen!"

„Hier ist eine Tür!" rief Santiago, der an einem niedrigen Durchgang Halt machte und gegen das Schloss schlug. „Verschlossen!"

„Weg da!" Dragica schob ihn bei Seite, zog eine kleine Sprengladung aus ihrem Gürtel – ein Überbleibsel der Ausrüstung aus dem Labor – und brachte sie an der Tür an. „Zurück!"

Eine grelle Blitz-Explosion, gefolgt von aufwirbelndem Staub, ließ die Tür bersten. Dragica schnappte sich Santiago und zog ihn durch die qualmenden Überreste, während Andrei den Rückzug mit ein paar Schüssen sicherte.

Die Tür führte tatsächlich nach draußen, doch statt auf eine ruhige Straße in Barcelona traten sie in eine enge, düstere Gasse. Mülltonnen und stapelweise Kartons türmten sich neben feuchten Mauern.

Sofort hörten sie Sirenen, die in der Ferne aufheulten – ob Polizei oder ein weiterer Trupp von Sol Invictus, ließ sich nicht sagen.

„Kein Wort, nur rennen!" presste Dragica hervor, während sie sich umsah, ob jemand in der Gasse lauern könnte.

Santiago spürte sein Herz rasen, aber immer noch hielt er den Koffer fest an seine Brust gedrückt. Seine Gedanken kreisten um die Formel – *wenn wir sie verlieren, ist alles vergebens.*

Andrei spähte um die nächste Ecke. „Der Ausgang führt zu einer belebten Straße. Zu viele Augen... Wir brauchen Tarnung."

Mit gehetzten Blicken musterten sie die Umgebung. In einem kaputten Container fanden sie alte Jacken und Baseballkappen, die sie hastig überzogen. Es war nicht perfekt, aber besser als nichts.

Das Trio mischte sich unter die noch wenigen Passanten, die um diese Zeit in den Straßen unterwegs waren. Die ersten Sonnenstrahlen schimmerten über den Dachkanten der engen Altstadt-Gassen, als Barcelona zu erwachen begann.

„Wohin jetzt?" fragte Dragica keuchend.

Santiago dachte kurz nach. „In El Raval gibt es ein altes, verlassenes Apartmenthaus. Nicht ideal, aber besser als hier in der Öffentlichkeit stehenzubleiben."

Andrei runzelte die Stirn. „Wir können uns nicht ewig verstecken. Außerdem sind wir bestimmt schon längst auf Überwachungskameras."

„Ich weiß," sagte Santiago gepresst. „Aber wir brauchen einen Moment zum Durchatmen. Und ich muss schauen, ob es noch eine Möglichkeit gibt, die Formel zu stabilisieren – sie... sie reagiert schon jetzt anders, als sie sollte."

Dragica legte eine Hand auf seine Schulter. „Ein letzter Sprint, dann erholen wir uns."

Sie huschten durch die Gassen, hielten sich in Seitenstraßen, bis sie schließlich vor einem heruntergekommenen Mehrfamilienhaus ankamen. Ein Teil der Fassade war abgebröckelt, und kaputte Fenster deuteten darauf hin, dass hier niemand mehr lebte.

„Hier?" fragte Andrei ungläubig.

Santiago nickte knapp. „Keiner würde freiwillig hier wohnen, also wird uns auch keiner so schnell suchen."

Sie traten durch eine halb zerschlagene Eingangstür ins Innere. Schmutzige Stufen führten nach oben, und der Geruch von altem Müll und abgestandener Luft lag in den Gängen.

Im dritten Stockwerk fanden sie eine Wohnung, in der zumindest noch eine Tür in den Angeln hing. Andrei trat sie ohne viel Federlesens auf, um sich einen Weg zu bahnen.

Die Räume waren karg – ein umgestürztes Regal, zerschlissene Vorhänge, ein alter Stuhl in der Ecke. Doch es reichte für den Moment.

Santiago ließ sich auf den Boden sinken und öffnete vorsichtig den Koffer, in dem die grüne Flüssigkeit schwach leuchtete. „Wir sind knapp dran... sehr knapp."

Dragica schloss die Tür von innen, lehnte sich dagegen und atmete schwer. Sie sah zu Andrei, dessen Gesichtsausdruck grimmig war.

„Costa hat uns also tatsächlich bis hierher verfolgt," sagte Andrei. „Das heißt, sie wird nicht lockerlassen. Sie hat ihre eigene Agenda, und wir wissen nicht, wie weit sie gehen wird."

„Sehr weit," antwortete Dragica düster. „Sie ist bereit, alles zu opfern. Wir haben es in ihren Augen gesehen."

Eine kurze Stille folgte. Dann hob Santiago den Blick. „Wir brauchen einen Plan – und zwar einen, der sie davon abhält, uns sofort in die Finger zu bekommen."

Andrei zog einen Zettel aus der Tasche, einen alten Stadtplan von Barcelona mit Markierungen. „Ich habe bei meinem letzten Aufenthalt hier ein paar Routen festgehalten, die vielleicht noch sicher sind. Unterirdische Gänge, alte Schmugglerwege... Aber wir müssen improvisieren."

„Erstmal muss die Formel stabil werden," sagte Santiago. „Sonst ist alles andere sinnlos."

Dragica kniete sich neben ihn. „Was brauchst du?"

Santiago sog die Luft ein. „Geräte, Chemikalien... die meisten Sachen waren in meinem Versteck im Keller. Einiges davon ging bei der Schießerei kaputt. Wir müssen neu beschaffen, was fehlt."

Andrei nickte langsam. „Das heißt, wir müssen uns wieder hinauswagen. In eine Stadt voller Überwachung und Feinde."

„Ja," sagte Dragica, und ein entschlossener Glanz trat in ihre Augen. „Aber wir haben keine Wahl. Wir sind die Einzigen, die Sol Invictus und Costa aufhalten können."

Sie sahen einander an – erschöpft, verletzt, aber nicht gebrochen. Draußen erwachte Barcelona, unwissend, dass in einem verfallenen Apartmenthaus ein Kampf tobte, der die Welt verändern könnte.

Die Zeit drängte, und das Schlachtfeld verschob sich vom Untergrundlabor in die Straßen einer pulsierenden Metropole.

Kapitel 8

-

Flackerndes Licht und heiße Herzen

Die ersten Strahlen der Morgensonne drangen durch die zerschlissenen Vorhänge und malten blasse Streifen auf den staubigen Boden. Dragica lehnte an der alten Wohnungstür und lauschte nach draußen. Nichts deutete darauf hin, dass sich Sol Invictus bereits in diesen Teil der Stadt vorgewagt hatte – oder sie waren geschickter, als sie alle dachten.

Santiago hockte neben dem grünen Behälter der Formel. Er prüfte mit ernster Miene die Konsistenz der leuchtenden Flüssigkeit. Hin und wieder notierte er sich etwas auf einem zerknitterten Block. Jeder Pulsschlag in seinem Hals verriet die Anspannung, die auf ihm lastete. Er wusste: Wenn die Formel instabil wurde, konnten alle bisherigen Opfer umsonst gewesen sein.

Andrei hatte eine leere Bierflasche in der Hand und drehte sie gedankenverloren zwischen seinen Fingern. Ab und zu warf er einen Blick auf Dragica und Santiago. Die letzten Stunden hatten sie alle verändert. Nichts war mehr übrig von dem Moment, als sie noch glaubten, wenigstens ein wenig Kontrolle zu haben.

Plötzlich hob Santiago den Kopf. „Ich brauche Ethanol, ein Speziallösungsmittel, und ein tragbares Zentrifugen-Modul. Sonst kann ich sie nicht stabilisieren."

Dragica schloss kurz die Augen und atmete tief durch. „Wo bekommen wir das her? Wir können nicht einfach in ein Geschäft spazieren und fragen, ob sie uns etwas gegen eine apokalyptische Verschwörung verkaufen."

Andrei stellte die Flasche ab. „Es gibt in Barcelona einen Schwarzmarkt für Biochemikalien. Nicht legal, nicht ungefährlich, aber..." Er zuckte mit den Schultern. „Es könnte klappen."

„Dann sollten wir das versuchen", sagte Dragica entschlossen. „Aber wir müssen uns aufteilen. Wenn wir alle zusammen auftauchen, sind wir ein größeres Ziel."

Santiago stand langsam auf, die dunklen Locken fielen ihm leicht verschwitzt in die Stirn. „Dragica und ich gehen zum Schwarzmarkt. Andrei, du bleibst hier und sicherst unseren Rückweg. Und..." Er warf ihm einen ernsten Blick zu. „Pass auf die Formel auf. Wenn etwas schiefläuft, ist das unsere einzige Hoffnung."

Andrei nickte. „Verlass dich drauf."

Bevor sie aufbrachen, zog Dragica sich in einen Nachbarraum zurück. Dort warfen die Reste einer halb abgerissenen Wand bizarre Schatten auf eine alte Kommode. Sie brauchte einen Moment, um ihren Puls zu beruhigen. Die letzten Tage waren eine Mischung aus Flucht, Angst und dem Ständigen-Aufs-Scharfsein – irgendetwas in ihr drohte zu zerbrechen, und doch hielt sie sich eisern zusammen.

Gerade als sie dachte, sie könne endlich kurz durchatmen, erschien Santiago in der Türöffnung. Ihr Blick traf seinen, und sie sah in seinen Augen dieselbe Unruhe, dieselbe Sehnsucht nach einem Augenblick Ruhe – oder Nähe.

„Dragica...“ Er trat zögernd näher. „Es tut mir leid, dass du all das durchmachen musst. Ich wünschte, ich...“

Sie legte ihm einen Finger auf die Lippen, um ihn zum Schweigen zu bringen. „Sag nichts. Ich weiß es ja. Wir sitzen alle im selben Boot.“

Santiago stieß hörbar die Luft aus, und sie sah, wie angespannt seine Schultern waren. Als sie die Hand wieder von seinen Lippen nahm, umfasste er sie und zog sie an sich. Es war ein impulsiver, beinahe verzweifelter Moment, als sie sich in den Armen hielten – hier, in dieser kaputten Wohnung, verfolgt von einer unsichtbaren Macht, doch für einen kurzen Augenblick fühlten sie sich nicht mehr allein.

Dragica atmete seinen Geruch ein, ein Gemisch aus Schweiß, Staub und irgendetwas Vertrautem, das nur ihm gehörte. Ihre Stirn lag an seiner, und sie schloss die Augen. „Ich weiß nicht, ob wir das hier überleben werden“, flüsterte sie.

„Wir schaffen das.“ Seine Stimme war kaum mehr als ein Krächzen, doch er klang entschlossen. „Irgendwie... werden wir es schaffen.“

Ihre Lippen trafen sich in einem zarten Kuss. Es war kein stürmischer, leidenschaftlicher Moment, sondern eher ein vorsichtiger, unsicherer Schritt aufeinander zu – so, als wüssten beide, dass die Welt um sie herum kurz vor dem Zerbrechen stand. Trotzdem spürte Dragica eine heiße Welle durch ihren Körper rollen; ein Hauch von Leben, ein Hauch von dem, was möglich wäre, wenn sie irgendwann frei wären.

Nach einem Atemzug trennten sie sich wieder. Ihre Blicke verschmolzen in einer stummen Verabredung: **Wir gehen gemeinsam weiter.**

Keine zwanzig Minuten später drängten sich Dragica und Santiago durch die engen Gassen des Viertels Raval. Hier war die Stadt chaotischer, lauter, und doch bot das Gedränge der frühen Pendler eine gewisse Anonymität. Sie trugen unauffällige Kapuzenpullover und hielten die Köpfe gesenkt. Trotzdem suchte Dragicas Blick immer wieder die Umgebung ab – ob irgendwo eine Kamera auf sie gerichtet war, oder ob ein Mann in schwarzer Kleidung in der Menge auftauchte.

Santiago führte sie zu einem unscheinbaren Hauseingang, hinter dem sich ein verfallenes Treppenhaus verbarg. Ein penetranter Geruch nach Feuchtigkeit und Abfall schlug ihnen entgegen. Ein halbes Dutzend Gestalten lungerte hier herum, zerlumpt, manche mit glasigem Blick, andere voller Argwohn. Dieser Ort war weit entfernt von den Touristenmagneten Barcelonas.

„Bist du sicher, dass wir hier richtig sind?" fragte Dragica skeptisch, eine Hand sicher an der Innenseite ihrer Jacke, wo ihre Waffe steckte.

Santiago nickte. „Ein Kontakt hatte mir vor Jahren erzählt, dass man hier alles bekommt, was nicht ganz legal ist. Zumindest hoffe ich, dass es noch immer so ist."

Sie stiegen eine vermoderte Holztreppe hinunter, die in einen noch finstereren Kellerraum führte. Dort flackerte eine einsame Glühlampe, und ein Mann mit grauem

Haar und tiefliegenden Augen musterte sie misstrauisch.

„Neukunden?" brummte er in brüchigem Spanisch.

„Könnte man so sagen", erwiderte Santiago, ebenfalls auf Spanisch. „Wir brauchen Chemikalien und ein Zentrifugen-Modul. Schnell und diskret."

Der Mann hob eine Augenbraue. „Teuer."

„Geld spielt keine Rolle", sagte Dragica knapp. „Wie schnell kannst du liefern?"

Der Mann grinste. „Wartet hier."

Während er verschwand, standen Dragica und Santiago in dem schwach erleuchteten Keller. Sie hörten von irgendwoher gedämpfte Gespräche und das Quietschen einer Metalltür, die auf und zu ging.

„Ich hab ein mieses Gefühl dabei", flüsterte Dragica.

Santiago sah sie kurz an. „Ich auch. Aber wir haben keine Wahl."

Nach ein paar Minuten kam der Grauhaarige zurück, begleitet von zwei Gestalten, die ihre Gesichter unter Baseballkappen verbargen. Sie trugen Kisten, die sie auf einen ranzigen Holztisch stellten.

„Ethanol, einige Lösungsmittel, Probenröhrchen... und eine tragbare Minizentrifuge – so gut es eben geht", sagte der Grauhaarige und warf einen prüfenden Blick auf Dragica und Santiago. „Ihr wollt wirklich keinen Ärger, oder?"

„Nein", entgegnete Santiago und zog einen Umschlag hervor, den Andrei ihnen mitgegeben hatte. „Hier ist, was wir dafür zahlen. Das sollte reichen."

Der Mann kontrollierte den Inhalt und nickte schließlich. „In Ordnung. Dann verschwindet jetzt, bevor ihr hier Ärger anzieht."

„Wir sind schon weg", murmelte Dragica und machte sich mit Santiago daran, die Kisten an sich zu nehmen.

Gerade als sie den Keller verlassen wollten, tauchte in der gegenüberliegenden Ecke jemand auf. Dragica bemerkte ihn aus den Augenwinkeln. Sein Blick war kurz auf Santiago geheftet, dann drehte er sich hastig weg und gab leise etwas in ein Handy ein.

Warnsignal in Dragicas Kopf. Sie hatte genug Erfahrung, um zu wissen, was das bedeutete: Jemand könnte sie erkannt haben oder sie verraten wollen. Ein unangenehmes Kribbeln durchlief ihre Glieder.

„Schnell weg", zischte sie zu Santiago. Er folgte ihrem Blick, wurde bleich, und sie eilten die Treppe wieder nach oben.

Sie tauchten zurück ins verfallene Treppenhaus. Hektisch schoben sie sich an den herumlungernden Gestalten vorbei in die belebte Straße. Sonne und Lärm schlugen ihnen wie eine Welle entgegen, doch Dragica sah in jede Richtung, ob jemand ihnen folgte.

„Da!" rief Santiago und deutete auf einen Mann in dunkler Jacke, der auf der anderen Straßenseite stand und sie beobachtete.

„Lauf!" keuchte Dragica, und sie setzten sich in Bewegung, stapften durch die Menge hindurch, Kisten und Tüten in den Händen.

Ihre Verfolger schienen zu zweit oder dritt zu sein, das war schwer auszumachen, denn überall liefen Menschen herum, stiegen in Busse, wimmelten in Cafés. Doch immer wieder meinte Dragica, einen Schatten in der Menge zu sehen, dunkle Blicke, die ihnen folgten.

Santiago rang nach Atem, während er das sperrige Zentrifugen-Modul balancierte. „Ich kann nicht mehr..."

„Zwei Blocks noch, dann biegen wir in eine kleinere Gasse", motivierte Dragica ihn. „Halt durch."

Die Stimmen der Verfolger klangen immer näher. Irgendwo kläffte ein wütendes Hupen, als Santiago beinahe vor ein Auto lief. Dragica zerrte ihn zurück, und sie schlugen einen Haken in eine Seitengasse.

Zwei Männer tauchten am Ende der Gasse auf, ebenfalls mit Kapuzen und unmissverständlicher Miene.

„Zurück!" zischte Dragica und presste sich mit Santiago in einen schmalen Durchgang zwischen zwei Häusern. Der Gestank nach fauligem Müll trieb ihr die Tränen in die Augen, doch sie wagte nicht, sich zu rühren.

Die Schritte der Verfolger kamen immer näher... dann verharrten sie, offenbar unschlüssig, ob Dragica und Santiago wirklich hier entlang verschwunden waren.

Dragica spürte Santiagos rasenden Herzschlag, als er sich an sie drückte. Für einen Sekundenbruchteil glaubte sie, seine Lippen an ihrem Ohr zu spüren, als würde er gleich etwas sagen. Doch stattdessen lauschte er nur angestrengt dem Klang der Schritte draußen.

Nach endlosen Augenblicken wurden die Schritte leiser. Offenbar hatten sich die Verfolger in eine andere Richtung bewegt.

Dragica ließ vor Erleichterung den Kopf gegen die Wand sinken. „Das war knapp.“

Santiago, immer noch nah bei ihr, atmete einmal tief durch. „Zu knapp.“

Sie sahen sich an, gehetzt, verschwitzt und doch voller Erleichterung. Ein leiser Schmunzler zuckte über ihre Gesichter – in diesem Katz-und-Maus-Spiel lebten sie beständig am Abgrund.

Irgendwie schafften sie es, wieder in dem verlassenen Apartment anzukommen. Andrei, der nervös im Flur auf- und abging, griff ihnen sofort die Kisten ab. „Ihr habt's geschafft! Wurde auch Zeit – ich dachte schon, ihr kommt nicht mehr zurück.“

Santiago verzog gequält das Gesicht. „Es gab... Verzögerungen.“

„Was ist die Lage?“ wollte Dragica wissen.

Andrei deutete auf den grünen Behälter, dessen Leuchten leicht flackerte. „Ich konnte es so gut kühlen, wie es ging. Aber du musst dich beeilen, Santiago.“

Santiago nickte stumm. Er hob vorsichtig das Modul auf die schmutzige Küchenablage und stellte die Chemikalien daneben. „Okay. Dann lasst mich arbeiten. Ihr beide...“ Er sah Dragica und Andrei an. „Seid bitte meine Augen und Ohren. Wenn Sol Invictus hier auftaucht, müssen wir schnell verschwinden."

„Verlass dich auf uns", sagte Dragica mit rauer Stimme, während sie ihre Waffe überprüfte.

So begann eine neue, fieberhafte Phase. Während Santiago sich dem grünen Wunderelixier widmete, wachte Andrei an der zerbrochenen Fensterfront, seine Sinne wie ein Wachhund geschärft.

Dragica saß bei Santiago, reichte ihm Reagenzien und notierte die Messwerte. Ab und zu trafen sich ihre Blicke, und in der Stille dieses entweihten Raums schwang mehr mit als pure Verzweiflung – **ein nie ganz ausgesprochener Funken von Verbundenheit**.

Doch draußen war Barcelona inzwischen vollständig erwacht, Autoschlangen, hupende Motorroller, Menschengewirr. Und irgendwo in diesem dichten, vibrierenden Labyrinth wartete Dr. Costa. Wartete auf den perfekten Augenblick, um zuzuschlagen.

Die Zeit rann ihnen wie Sand durch die Finger. Doch noch gab es Hoffnung.

Die heruntergekommene Wohnung war erfüllt vom gedämpften Surren der tragbaren Zentrifuge und Santiago Sánchez' angespanntem Atmen, während er fieberhaft zwischen Notizen, Reagenzgläsern und dem grünen Behälter wechselte. Dragica Kovaćević wachte über ihn, ihre Sinne ständig nach verräterischen Geräuschen oder Schritten angespannt.

Unterbrochen wurde das monotone Dröhnen nur von Andres nervösem Getrappel. Er stand in der Ruine des einstigen Wohnzimmers, hinter dem zerschlagenen

Fenster, von dem aus man einen Teil der abbröckelnden
Hausfassade gegenüber erblicken konnte. Sein Blick
huschte immer wieder nach draußen, in die lebhaften
Straßen Barcelonas, die bereits in der Vormittagssonne
pulsierte.

Kapitel 9

–

Ein stiller Komplize

„Irgendetwas Verdächtiges?" fragte Dragica leise, als sie einen kurzen Kontrollgang zu Andrei machte.

„Bisher nicht. Aber diese Stadt ist ein Moloch. Falls Sol Invictus uns hier aufspürt, kommen sie womöglich mit einem ganzen Trupp."

Dragica nickte. „Wir müssen hoffen, dass Santiagos Prozedur funktioniert und wir bald verschwinden können."

„Ja", machte Andrei. Er klang fahrig, als stünde er kurz davor, selbst die Nerven zu verlieren.

Dahinter, im improvisierten Labor, presste Santiago plötzlich ein leises *Fluchwort* zwischen den Lippen heraus. Dragica eilte zu ihm, ihre Hand fast schon instinktiv an der Waffe.

„Was ist?"

Er hielt ein halb gefülltes Reagenzglas hoch, in dem die grüne Flüssigkeit sich jetzt an den Rändern leicht orange verfärbte. „Ich habe bei der Stabilisierung eine Nebenreaktion. Die Verbindung zerfällt, wenn die Temperatur nicht konstant bleibt. Der alte Kühlmantel, den wir noch haben, funktioniert nur bedingt..."

„Kannst du es reparieren?" fragte Dragica besorgt.

Santiago wirkte erschöpft, aber unbeirrt. „Noch ist nichts verloren. Ich habe ein paar Reserven, und die frischen Chemikalien sind besser, als ich dachte." Er zeigte auf eine Flasche mit klarem Lösungsmittel. „Zumindest war der Schwarzmarkt-Händler kein kompletter Betrüger."

Dragica legte ihm kurz eine Hand auf die Schulter. „Mach, was du kannst."

Noch während Santiago sich wieder seiner Arbeit zuwandte, piepte Andres Handy einmal leise. Er trat von seinem Posten ans andere Ende des Raumes, las die eingegangene Nachricht und verzog das Gesicht.

„Dr. Costa...", murmelte er.

Santiago hob den Kopf. „Was ist mit ihr?"

„Sie hat mir einen verschlüsselten Ping geschickt. So etwas hatten wir früher für rasche, geheime Kontaktaufnahmen. Sie versucht... mit mir zu reden."

Dragica trat neben ihn. „Wieso mit dir? Du hast dich doch gegen Sol Invictus gestellt."

Andrei zuckte mit den Schultern. „Vielleicht glaubt sie, mich wieder umdrehen zu können. Oder sie hat eine Botschaft, die uns auf eine falsche Fährte locken soll. Schwierig zu sagen."

„Lies es vor", verlangte Dragica.

Nach einigem Zögern aktivierte Andrei eine einfache Entschlüsselungs-App. Eine kurze Nachricht erschien:

Du weißt, wo du hingehörst.

Dieses Mal hast du dich übernommen.

Komm zu mir in den alten Uhrenturm am Rand der Hafenmauer – heute, 18 Uhr.

Wir beenden das persönlich.

Costa.

Eine kalte Stille legte sich über den Raum.

„Sie fordert dich heraus", sagte Dragica.

„Oder es ist eine Falle", ergänzte Santiago.

„Mit großer Wahrscheinlichkeit eine Falle." Andrei ließ das Handy sinken. „Aber sie will mich offenbar unbedingt dort sehen – und zwar allein."

Eine Weile sprach niemand, dann durchbrach Dragica das Schweigen: „Wir dürfen nicht hingehen. Wir riskieren zu viel. Santiago, du brauchst noch Zeit, um die Formel zu retten."

Santiago nickte, nahm aber auch Andres Anspannung wahr. „Andrei, es ist deine Entscheidung. Aber wir können dich nicht unterstützen, wenn sie etwas gegen dich in der Hand hat. Wir müssen das hier zum Abschluss bringen."

Andrei rieb sich die Stirn. „Wenn ich nicht hingehe, wird sie weiter nach uns suchen. Sie wird ganz Barcelona auf den Kopf stellen. Und wenn sie mich wirklich persönlich sehen will, kann das bedeuten, dass sie im Moment keine groß angelegten Suchaktionen starten will. Sie... rechnet vielleicht damit, dass ich komme."

„Also willst du auf ihren Köder anspringen?" warf Dragica ein und funkelte ihn an. „Denk doch mal nach! Das ist Dr. Costa – sie ist skrupellos. Sie würde ohne

Zögern über Leichen gehen, nur um an Santiago und die Formel ranzukommen."

Andrei atmete schwer aus. „Ich weiß. Dennoch könnte uns das eine Chance geben. Wenn ich ihre Aufmerksamkeit auf mich lenke, gewinnt ihr Zeit."

Dragica wandte sich kurz ab, fuhr sich durch die Haare und musterte schließlich Santiago. „Kannst du mit der Formel in den nächsten... sagen wir sechs, sieben Stunden fertig werden?"

Er presste die Lippen aufeinander. „Schwierig. Aber... vielleicht. Wenn alles klappt."

„Dann mach es." Dragica straffte die Schultern. „Andrei, wenn du wirklich zu diesem Treffen gehst, tu es so, dass du sie hinhalten kannst. Wir verschwinden hier, sobald wir mit der Stabilisierung durch sind."

Andrei betrachtete die beiden mit einer Mischung aus Entschlossenheit und einem leisen Bedauern. „In Ordnung. Aber ich werde nicht zulassen, dass sie ungestraft weitermachen kann. Vielleicht... kann ich Costa von innen heraus bremsen oder bluffen. Zumindest so lange, bis ihr weg seid."

Während Andrei sich vorbereitete, verschwand Dragica kurz ins Nebenzimmer, in dem sich Santiago mit der Prozedur abmühte. Geräuschvoll surrte die Minizentrifuge, die er in Gang gehalten hatte. Er beugte sich über ein Tablett mit Reagenzgläsern, in denen sich die grüne Flüssigkeit teilte und neu zusammensetzte, je nachdem, wie er die Lösungsmittel dosierte.

„Schaffst du das wirklich allein?" fragte Dragica leise, als sie neben ihm stand und den Blick auf sein ernstes Profil richtete.

„Ich habe keine Wahl. Wir haben keine Wahl." Er hörte sich erschöpft an, doch eine Spur Kampfgeist blitzte in seinen dunklen Augen. „Ich versuche, die Formel so zu stabilisieren, dass sie transportfähig bleibt und unsere ganze Arbeit nicht umsonst war."

Dragica fühlte die Versuchung, ihm eine Hand auf die Schulter zu legen – oder ihn einfach kurz in den Arm zu nehmen. Aber sie sah, wie sein Körper angespannt war, wie seine Hände zitterten vor Anstrengung. Also beließ sie es bei einem ruhigen, aufrichtigen Blick.

„Gut. Ich halte so lange die Stellung. Ruf mich, wenn irgendwas ist."

Er nickte nur und wandte sich wieder der Arbeit zu.

Im Laufe des Tages dörrte die Hitze der spanischen Sonne die Luft in der Bruchbude noch weiter aus. Staubpartikel tanzten in den Lichtkegeln, die durch die zerbrochenen Fensterscheiben fielen. Dragica fühlte sich ausgetrocknet und erschöpft, aber sie hielt sich mit kleinen Schlucken Wasser wach und alert.

Santiago, mit dunklen Ringen unter den Augen, hatte inzwischen mehrere Gefäße gefüllt, jedes mit einer leicht veränderten Variante der grünen Flüssigkeit. Immer wieder überprüfte er Werte, notierte Ergebnisse und begann von Neuem.

„Ich glaube, ich habe einen Durchbruch", murmelte er schließlich.

Dragica kam näher. „Einen guten oder einen schlechten?"

„Einen guten, hoffe ich. Diese Variante hier..." Er zeigte auf ein Röhrchen, in dem die Flüssigkeit eher bläulich schimmerte. „...könnte stabil genug sein, um sie aus dem Land zu bringen. Wenn ich es schaffe, die DNA-rekombinierenden Anteile zu fixieren, dann..."

Er lachte kurz, heiser. „Dann wäre es mehr als nur eine Hoffnung. Es wäre eine echte Chance, alles zu verändern."

Eine Welle von Erleichterung brandete in Dragica hoch, auch wenn sie wusste, dass das Ganze noch längst nicht vorbei war.

Irgendwann am späten Nachmittag, kurz vor 18 Uhr, kam Andrei in den Raum. Er hatte seine Waffen gerichtet und wirkte konzentriert wie ein Mann, der nichts mehr zu verlieren hat.

„Ich breche auf. Wenn ich um 18 Uhr am Hafen bin, kann ich Costa vielleicht beschäftigen. Ihr aber solltet jede Sekunde nutzen, um hier zu verschwinden."

Dragica wollte etwas sagen, fand aber keine Worte. Sie klopfte ihm nur kurz an die Schulter. „Komm lebend zurück, okay?"

Ein letztes, dünnes Lächeln zuckte über Andres Lippen. „Ich bin kein Held, Dragica. Aber ich habe lange genug in den Schatten gelebt, um zu wissen, wie man sie nutzt."

Dann trat er hinaus, die Tür fiel hinter ihm ins Schloss. Sein leiser Schritt verklang im Treppenhaus.

Nach Andres Abschied blieb eine seltsame, unheilvolle Stille in der Wohnung zurück. Dragica half Santiago, die fertigen Proben in mehrere gepolsterte Behälter zu verteilen, damit sie unterwegs weniger Gefahr liefen, beschädigt zu werden.

„Sobald wir sicher sind, dass die Formel stabil ist, verschwinden wir", sagte Dragica. „Mit ein wenig Glück können wir ein Auto auftreiben und uns an die Küste durchschlagen."

Santiago nickte. „Solange Andrei uns Zeit verschafft..."

Doch noch während er sprach, glaubte Dragica, draußen im Treppenhaus Schritte zu hören. Für einen Herzschlag blieb sie stehen, schaute Santiago mit geweiteten Augen an.

War es nur Einbildung?

Aber das Geräusch kam näher. Schwere Stiefel, die über bröckeliges Holz knarrten. Jemand kam nach oben.

„Verdammt!" flüsterte Dragica, riss ihre Pistole aus dem Holster und bedeutete Santiago, sich hinter dem Labortisch in Deckung zu bringen.

Jetzt waren die Schritte direkt vor der Wohnungstür zu hören. Ein leises Kratzen, als ob jemand das Schloss untersuchte.

Dragica stand seitlich versetzt zur Tür, in einer Position, aus der sie den Eindringling ins Visier nehmen konnte, ohne selbst sofort gesehen zu werden. Ihre Muskeln waren angespannt wie ein gestraffter Bogen.

Es klickte. Die Tür öffnete sich einen Spaltbreit, knarrte langsam. Dragica kniff die Augen zusammen, zielte.

Ein Mann trat ein, in dunklem Anzug, einer Sonnenbrille auf der Nase. Er hielt eine Pistole in der Hand und wirkte so selbstbewusst wie jemand, der keine Angst haben musste. Hinter ihm folgten zwei weitere, ähnlich gekleidete Männer.

Niemand trug eine Maske – auch kein Symbol. Und doch musste das Sol Invictus sein.

Der erste Mann zog die Augenbrauen hoch, als er Dragica erblickte. Für eine Sekunde schien er zu zögern.

„Waffe weg! Sofort!" bellte Dragica.

Doch er lächelte nur kühl. „Du weißt, dass das hier nicht gut für dich endet."

Das waren die Worte, die den ersten Schuss auslösten.

Ihre Kugel traf den Mann am Arm, er stöhnte auf und taumelte zurück. Doch die zwei hinter ihm stürmten sofort in die Wohnung und eröffneten das Feuer.

Santiago duckte sich hinter dem Labortisch, klammerte sich an die Behälter und versuchte, sie in Sicherheit zu bringen.
Dragica warf sich hinter einen umgekippten Schrank, der als notdürftige Deckung diente, während Kugeln das alte Gemäuer durchlöcherten.

„Sie sind zu dritt! Vorsicht!" brüllte sie zu Santiago.

Einer der Angreifer kletterte über den Labortisch, trat nach den Proben. Santiago warf sich ihm entgegen, und sie rangen kurz. Dragica konnte nicht feuern, ohne ihren Partner zu gefährden.

Doch ihr blieb kaum Zeit zum Nachdenken. Der dritte Mann richtete sein Visier auf Dragica, ein eisiger Fokus in seinen Augen. Sie spürte, wie ihr Herz schneller schlug. *Das war es – er hat mich im Visier.*

Ein Schuss krachte. Doch es war nicht seiner.

Im letzten Augenblick war Santiago gegen den Gewehrlauf gestoßen, während er sich vom anderen Angreifer losriss. Der Schuss ging in die Decke. Dragica nutzte die Chance, zielte – *Knall!* – und legte den Schützen um.

Santiago wandte sich wieder seinem eigenen Gegner zu, der verzweifelt am Labortisch Halt suchte. Mit einem wuchtigen Stoß riss Santiago ihm die Beine weg, und der Mann stürzte polternd zu Boden. Eine Sekunde später donnerte Dragicas Schuss, und er blieb reglos liegen.

Der erste Angreifer, den Dragica am Arm getroffen hatte, lag keuchend an der Wand und hielt sich den blutenden Oberarm. Er war noch bei Bewusstsein, doch sichtlich außer Gefecht.

Schwerfällig schob Dragica sich näher. Ihre Waffe blieb auf ihn gerichtet. „Reden... oder sterben."

Der Mann spuckte aus, sah sie mit hasserfülltem Blick an. „Ihr kommt nicht weit. Costa... Costa wird euch..."

„Wann?" unterbrach ihn Dragica scharf. „Wann will sie hier sein?"

Er lachte heiser. „Viel zu spät für euch. Ihr könnt nichts mehr tun..."

Santiago hob vorsichtig eines der Probenbehälter auf, das in den Kampfverwicklungen zu Boden gefallen war. „Komm schon, Dragica. Wir verschwinden. Er sagt uns sowieso nichts."

Sie zögerte einen Moment, dann schlug sie den Mann mit dem Pistolenknauf nieder, ohne weiteren Schuss. *Besser bewusstlos als tot* – sie wollte keine Zeit auf eine ergebnislose Folter verschwenden.

Im schnellen, gehetzten Schweigen rafften sie die restlichen Behälter auf. Der Raum war zerstört – Scherben, Blut, kaputte Möbel. Ein wahrlich unwirtlicher Ort für ein kleines Labor.

„Das war knapp", keuchte Santiago. „Wir können hier nicht bleiben. Jetzt wissen sie definitiv, wo wir sind."

Dragica nickte atemlos. „Wir haben so lange gewartet, wie wir konnten. Aber jetzt... haben wir keine Wahl mehr."

Eilig sammelten sie, was brauchbar war, stopften Reagenzien und Ausrüstung in eine Sporttasche. Die wichtigste Probe – die stabilisierte Variante der grünen Flüssigkeit – bewahrte Santiago eng am Körper auf.

Sie warfen einen letzten Blick auf die niedergeschossenen Männer, dann huschten sie durch die Tür ins Treppenhaus. Unten auf der Straße würde die Hölle los sein, wenn irgendwo in diesem Gebäude jemand die Schüsse gehört hatte.

Doch sie mussten es versuchen. *Alles* stand auf dem Spiel.

Draußen dröhnte der Straßenverkehr, das Alltagsleben Barcelonas lief weiter. Ohne zu ahnen, dass im Innern dieser alten Mauern eine Schlacht tobt, die für das Schicksal der Welt entscheidend sein könnte.

Dragica spürte Santiagos Hand an ihrem Arm. Ihre Blicke trafen sich. *Ja, wir gehen gemeinsam weiter.*

Die Jagd im Herzen Barcelonas hatte an Fahrt
aufgenommen – und noch war kein Ende in Sicht.

Kapitel 10

-

An der Schwelle von Verrat und Hoffnung

Die feuchte Hitze Barcelonas legte sich wie ein drückendes Tuch über die Straßen. Gehetzt hasteten Dragica und Santiago aneinander gekauert durch eine schmale Gasse, weit weg von ihrem zerschossenen Versteck. Im Hintergrund heulten Polizeisirenen, während Passanten sich irritiert umsahen. Doch niemand ahnte, dass eine viel größere Gefahr in den Schatten lauerte.

Dragica spähte um eine Häuserecke und zog Santiago in den kleinen Hinterhof eines halb eingestürzten Hauses. Dort brachen sie beide fast zeitgleich auf die Knie und holten keuchend Luft. In Santiagos Armen ruhten die kostbaren Behälter mit der jetzt endlich stabilisierten grünen Flüssigkeit.

„Wir... müssen... kurz... durchatmen", stieß Dragica hervor. Der Schweiß klebte ihr am Nacken, ihr Herz hämmerte.

Santiago nickte und strich sich eine feuchte Haarsträhne aus der Stirn. „Wenn Sol Invictus uns hier erwischt, war alles umsonst. Wir haben keine Zeit... doch..." Seine Stimme klang brüchig.

Dragica sah ihn an. In seinen dunklen Augen brannte derselbe wilde Funke wie in ihren: Entschlossenheit und

Angst, eng umschlungen. Sie legte ihm eine Hand an die Wange, nur für einen Sekundenbruchteil. „Ich weiß. Aber wenn wir uns jetzt sofort weiterschleppen, kippen wir vielleicht einfach um."

Er atmete tief ein, dann blickte er auf die Behälter. „Die Formel ist stabil – fürs Erste. Das haben wir immerhin geschafft."

Plötzlich zuckte Dragica zusammen. Aus der Gasse, in der sie sich eben noch versteckt hatten, hörte sie schlurfende Schritte. Jemand kam näher. Sofort war sie wieder auf den Beinen, die Waffe in der Hand.

Ein Obdachloser, schmutzig und in Lumpen, lugte um die Ecke. Er starrte sie an, ebenso überrascht wie misstrauisch. Doch er trug keine Waffe. Dragica senkte langsam den Lauf, hielt aber gebührenden Abstand.

„Habt ihr was zum Essen?" krächzte der Mann, mit einer Stimme, die vom Leben auf der Straße gezeichnet war.

Dragica überlegte kurz, kramte in ihrer Tasche und zog ein halbes, schon etwas zerdrücktes Sandwich hervor, das sie ihm hinüberreichte. „Verschwinde bitte schnell von hier, es ist nicht sicher."

Er nickte nur, schnappte sich das Brot und kroch zurück in die Dunkelheit.

„Komm", flüsterte Dragica zu Santiago. „Viel weiter können wir uns in diesem Viertel nicht mehr bewegen, ohne gesehen zu werden. Wenn wir Glück haben, ist Andrei gerade dabei, Costa am Hafen zu beschäftigen. Wir sollten einen anderen Weg aus der Stadt finden."

Eilig schlichen sie weiter, immer darauf bedacht, in engen Gassen zu bleiben und große Plätze zu meiden.

Barcelona erwachte gerade in den Nachmittagsstunden zu neuem Leben: Menschen füllten Cafés, die Touristen fotografierten die alten Häuserfassaden, Straßenmusiker spielten Flamencomelodien. Niemand achtete auf zwei gebückte Gestalten mit Rucksäcken – noch nicht.

Als sie in eine etwas größere Straße mündeten, zog Dragica ihre Kapuze tiefer ins Gesicht. Ein Teil von ihr hätte sich gerne in der Anonymität der Menge versteckt, doch sie wusste, dass überall Kameras hingen. Sol Invictus hatte Wege, an die selbst die Polizei nicht herankam.

Santiago blieb plötzlich stehen und deutete auf ein kleines Schild an einer Mauer: **Autovermietung / Bajo Coste**. „Ein Wagen... vielleicht unsere Chance, aus Barcelona zu entkommen.“

Dragica folgte seinem Blick. Der Laden wirkte heruntergekommen, aber zumindest halbwegs seriös. „Okay, wir wagen es. Aber wir brauchen falsche Papiere, sonst wird man uns an jeder Mautstelle festnageln.“

„Daran hab ich gedacht. In meinem alten Labor unter dem Buchladen hatte ich ein paar Ersatzpapiere vorbereitet, aber...“ Er senkte den Kopf. „Das ist jetzt alles verloren. Wir müssen improvisieren.“

Sie betraten den muffigen Laden. Ein hagerer Mann mit dünnem Schnauzer lungerte hinter einem Tresen, umgeben von Autoersatzteilen und klapprigen Regalen.

„Mieten oder kaufen?“, murrte er in einem seltsamen Gemisch aus Spanisch und Katalanisch.

„Mieten“, sagte Dragica. „Einen Kleinwagen. Sofort.“

Er musterte sie mit zusammengekniffenen Augen. „Habt ihr Geld?"

Santiago zog einen Bündel Scheine hervor, die sie im Schwarzmarktdeal übrigbehalten hatten. Der Mann grinste halb. „Sehe ich mir erst die Papiere an."

Dragica spürte, wie ihre Kiefermuskulatur sich verkrampfte. Sie hatte gehofft, man würde hier weniger nach Formalitäten fragen. „Wir haben... vorläufige Dokumente", log sie.

Der Mann zog einen Mundwinkel hoch. „Keine Sorge, Señora. Da lässt sich was machen. Kostet extra."

Dragica ließ sich nicht anmerken, wie sehr sie die Prozedur hasste. „In Ordnung."

Nach einer Viertelstunde und einigen zusätzlichen Scheinen hatte der Vermieter ihnen einen uralten Kleinwagen mit falschen Papieren organisiert – alles andere als legal, aber dafür schnell.

Das Auto roch nach abgestandenem Rauch und billigem Luftparfum. Dragica drückte den Startknopf, und der Motor röhrte ungesund, startete aber. Santiago verstaute die Proben im Fußraum, um sie nicht unnötig zu erschüttern.

Kaum setzten sie sich in Bewegung, bemerkte Dragica, wie ihre Hände am Lenkrad zitterten. Sie waren erschöpft, durchgehetzt, ihre Nerven lagen blank.

„Wo... sollen wir hin?" fragte sie.

Santiago lehnte sich zurück, schloss für einen Augenblick die Augen. „Wenn Andrei uns wirklich Zeit verschafft, dann können wir versuchen, die Stadtgrenze

Richtung Norden zu durchqueren. Vielleicht über Girona, dann weiter an die französische Grenze. Dort könnten wir untertauchen."

„Und die Formel? Was machst du damit, wenn wir dort sind?"

„Ich habe Kontakte an einem unabhängigen Labor in der Provence – vertrauenswürdige Wissenschaftler, die Sol Invictus nicht auf dem Schirm hat." Ein Anflug von Hoffnung klang in seiner Stimme. „Wenn wir es bis dahin schaffen..."

Dragica drückte das Gaspedal etwas stärker durch und wechselte in eine größere Straße. „Also gut. Girona. Hoffen wir, dass wir nicht vorher irgendwo enden, wo wir nicht hinwollen."

Während das kleine Auto sich durch Barcelonas Gewirr quälte, näherte sich Andrei – ganz an der Hafenpromenade im Süden – dem alten Uhrenturm, der unweit des Fährterminals ragte.
Die Sonne stand bereits tief, tauchte die Wellen des Mittelmeers in orange-rote Farben. Möwen umkreisten die Fischerboote, in denen Arbeiter ihren Fang sortierten.

Andrei spürte sein Herz rasen, während er sich umsah. *Vermutlich bin ich der einzige Irre hier, der absichtlich in eine Falle rennt*, dachte er bitter.

Mit jeder Sekunde erwartete er, dass bewaffnete Männer aus den Ecken stürmten. Doch vorerst war alles still. Nur eine schlanke Silhouette, eingehüllt in einen eleganten, dunklen Mantel, trat hinter einem Container hervor: Dr. Marina Costa.

Ihr Haar war hochgesteckt, ihr Gesicht halb im Schatten, doch Andrei konnte das kalte Lächeln in ihren Augen erahnen.

„Pünktlich. Wie erwartet", sagte sie, das Echo ihrer Stimme verwehte im Abendwind.

Andrei nahm Aufstellung. Er mochte weniger Bewaffnete hinter sich haben, doch dafür hatte er den Vorteil, dass er Costa besser einschätzen konnte. „Weshalb das Ganze? Hättest du mich nicht längst eliminieren können?"

Costa zog eine geschwungene Augenbraue hoch. „Weil ich glaube, dass dein Verrat nicht endgültig ist. Du hast Santiago geholfen, okay. Vielleicht ist deine Loyalität nur erschüttert, nicht zerstört."

„Da täuschst du dich", knurrte Andrei.

Costa ging langsam um ihn herum, musterte ihn wie eine Wissenschaftlerin, die ein Versuchstier begutachtet. „Wirklich? Weißt du, was Santiago in der Zwischenzeit anstellt? Er treibt Genesis in eine Richtung, die unseren Plänen entgegensteht. Wir wollten die Menschheit verändern, um diesen Planeten zu retten... aber er sucht einen Weg, die Macht von Sol Invictus zu brechen."

Sie lachte leise. „Dabei könnten wir gemeinsam so viel mehr erreichen. Der Schlüssel zur Zukunft liegt in seinen Händen. Oder... in deinen, wenn du klug bist."

Andrei kämpfte dagegen an, sich von ihren Worten manipulieren zu lassen. Er hatte lange genug für Sol Invictus gearbeitet, kannte Costa gut. Sie war charmant, charismatisch, aber auch eiskalt.

„Ich bin nicht hier, um über Ideale zu diskutieren", sagte er. „Wenn du mich töten willst, dann tu's. Aber Dragica und Santiago wirst du nicht mehr in die Finger bekommen."

Costa lachte wieder, leise und fast mitleidig. „Ach, Andrei. Du bist mutig – oder töricht. Doch eine Frage: Glaubst du wirklich, sie würden dich nicht genauso verraten, wenn es die Situation erfordert? In dieser Welt geht jeder über Leichen, um zu überleben."

Andrei spürte, wie ein Stich ihn traf. Ein winziges Fünkchen Zweifel. Doch er unterdrückte es. „Sie haben mir bewiesen, dass sie anders sind als ihr. Ihr bei Sol Invictus habt nur eure Macht im Kopf."

Costa seufzte gespielt enttäuscht. „Wenn du dich für diesen Weg entscheidest... dann war es das für dich. Ich biete dir ein letztes Mal an, auf unsere Seite zurückzukehren. Ich biete dir Amnestie, Reichtum, Einfluss."

Andrei ballte die Fäuste. „Nein."

Costa nickte, als hätte sie genau damit gerechnet. „Gut. Dann endet es eben so."

Ein leises Schnappen war zu hören, als sie ein kleines Signalgerät in der Hand aktivierte. Augenblicke später tauchten mehrere Männer in dunklen Uniformen hinter Kisten und Containern auf, allesamt bewaffnet.

Andrei zog seine Pistole, spürte sein Herz rasen. *Das wars*, dachte er, *aber wenigstens halte ich sie so lange auf, bis Dragica und Santiago entkommen können.*

Mehrere Kilometer entfernt, am nördlichen Stadtrand, versuchte Dragica exakt in diesem Moment, mit ihrem

klapprigen Mietauto einer Polizeikontrolle
auszuweichen. Zwei Streifenwagen blockierten
scheinbar grundlos eine Ausfahrt.

„Wir können nicht umdrehen, das fällt auf", wisperte
Santiago, der sich geduckt auf dem Beifahrersitz hielt.

Dragica presste die Lippen zusammen. „Wir fahren
langsam weiter. Vielleicht lassen sie uns einfach durch."

Die Nerven lagen blank, als sie an den Polizisten
vorbeischlichen. Diese winkten ein paar Fahrzeuge in
die Kontrollen. Doch zum Glück interessierte sich
gerade niemand für ihren uralten, rostigen Kleinwagen.

Als sie nach der Mautstelle endlich freie Fahrt hatten,
atmete Dragica auf. „Wir haben es geschafft. Erstmal."

Sie wusste jedoch, was das bedeutete: Andrei war jetzt
ganz allein mit Dr. Costa – und sicher schon tief im
Angesicht der Gefahr. Vielleicht hatte er gar keine
Chance.

Santiago blickte mit düsterer Miene aus dem Fenster.
„Ich hätte ihn nicht ziehen lassen sollen", sagte er leise.

Dragica schüttelte den Kopf, während sie beschleunigte.
„Er wollte es. Er weiß, was auf dem Spiel steht. Ohne
seine Ablenkung wären wir längst tot."

Die Nacht würde ihnen Schutz auf dem Weg Richtung
Norden bieten. Doch tief im Innern wusste Dragica, dass
der Kampf noch nicht ausgestanden war. Sol Invictus
würde sie verfolgen, solange ein Funken von Genesis in
ihrer Hand lag.

Und in diesem Moment, beim Gedanken an Andrei und Costa, klopfte Dragicas Herz schneller. *Was, wenn diese Frau noch ein Ass im Ärmel hat?*

Sie sah kurz zu Santiago, wie er sich die wunden Hände rieb, dann konzentrierte sie sich wieder auf die Straße. Die Scheinwerfer zeigten den Weg ins Ungewisse – eine Fahrt ins nächste Kapitel ihres verzweifelten Kampfes gegen eine Organisation, die alle Fäden in der Hand zu halten schien.

Doch sie hatten einander. Und solange auch nur einer an die Rettung glaubte, würde dieses Spiel nicht enden.

Kapitel 11

-

Der Teufelspakt

Hafen von Barcelona – 18:10 Uhr

Der Abendhimmel glühte rotgolden, als Andrei sich mit rasendem Herzschlag umsah. Ringsum ragten Stapel von Frachtkisten, und die Luft roch nach Meer, Fisch und Motorenöl. Doch alles, was er wahrnahm, war die eiskalte Präsenz von Dr. Marina Costa und ihren dunklen Gestalten.

Sein Blick huschte über die Uniformierten mit den Waffen. Fünf. Oder sechs? Schwer zu sagen, denn mindestens zwei hielten sich geschickt verborgen. Costa hatte mit ihrem Signal weitere Männer gerufen, die jetzt an den Kanten der Lagerhalle lauerten.

„Also gut, Andrei." Costa trat einen Schritt näher. Ihre Stimme klang kultiviert, ungerührt. „Wie soll das enden? Mit einer Kugel? Oder wirst du endlich Vernunft annehmen?"

Andrei ballte seine Fäuste. Er hätte fliehen können, aber das hätte nur den Schuss in den Rücken bedeutet – und damit wäre alles umsonst gewesen. Also blieb er stehen, die Finger um seine Pistole geklammert, und bemühte sich, seine Angst zu verbergen.

„Mein Verrat ist real, Costa. Stell dich dem", presste er hervor. „Du wirst niemals die Macht über diese Formel bekommen. Santiago ist längst über alle Berge."

In Costas Augen blitzte es auf, ein gefährliches Licht. „Ach ja? Vielleicht. Aber irgendwann läuft jeder in unsere Netze. Du kennst Sol Invictus gut genug, um das zu wissen."

Mit einer knappen Handbewegung gab sie ihren Leuten ein Signal. Zwei von ihnen rückten vor, die Gewehre im Anschlag.

„Leg die Pistole weg", befahl einer. „Oder wir schießen."

Andrei wusste, dass sie es ernst meinten. Sein Kopf arbeitete fieberhaft. *Wenn ich mich einfach entwaffnen lasse, bin ich verloren.* Aber in diesem Augenblick, während die schweren Stiefel näherkamen, flackerte ein Gedanke durch seinen Verstand: *Ich kann sie vielleicht in ein Gespräch verwickeln. Zeit schinden. Vielleicht gelingt mir noch ein verzweifelter Ausbruch.*

Mit gespielter Resignation ließ er die Schultern sinken, senkte die Waffe ein Stück. „In Ordnung. Nicht schießen."

Costa lächelte gefährlich. „Du bist schlauer, als ich dachte."

Dann – in einer plötzlichen Bewegung – riss Andrei den Lauf hoch, feuerte einen Schuss in Richtung einer Kiste. Die Kugel prallte ab, und die Wachen zuckten zur Seite. Für den Bruchteil einer Sekunde war Costa ungeschützt.

Andrei warf sich herum, duckte sich hinter einem Container und sprintete los. Kugeln zischten an ihm vorbei, trafen die Metallwände mit schepperndem Knall. Die Schmerzen, die Angst – alles verschmolz zu einem Feuerwerk in seinem Kopf, während er hechtete, sprang und versuchte, die Deckung zwischen den Containern zu nutzen.

„Verflucht! Holt ihn!", schrie Costa, und ihre Stimme hallte über das Hafengelände.

Andrei schlitterte um eine Kurve, rang nach Atem. *Nur ein bisschen länger durchhalten... Ich muss sie beschäftigen, so lange es geht.*

Autobahn Richtung Girona – 18:30 Uhr
Die rote Sonne stand tief, warf lange Schatten auf den Asphalt. Dragica lenkte den klapprigen Kleinwagen mit verbissenem Gesicht, während Santiago neben ihr saß und sich mit beiden Händen am Armaturenbrett festhielt. Die Stoßdämpfer des alten Wagens waren miserabel, jeder Schlag in der Straße ließ die Behälter im Fußraum klappern.

Aber sie kamen voran, weg von Barcelona. Das war mehr, als sie sich vor wenigen Stunden erhofft hätten.

„Wie weit noch bis zur Grenze?" fragte Santiago.

Dragica spähte auf ein altes Navi, das sie im Handschuhfach gefunden hatten. „Noch knapp hundert Kilometer. Wir müssen durchhalten. Aber wenn Sol Invictus schon Straßensperren aufgebaut hat..."

„Andrei wird sie ablenken", sagte Santiago. In seiner Stimme schwang Schuld mit. „Er hat sein Leben dafür aufs Spiel gesetzt."

Dragica drückte sein Knie kurz – eine wortlose Geste von Anteilnahme. „Wir haben keine Wahl. Wir hätten sonst nicht mal das Labor verlassen können."

Ihre Gedanken drifteten zurück zu der kurzen, heißen Umarmung, die sie und Santiago in der Wohnung geteilt hatten. Ein Hauch von Vertrautheit hatte da zwischen ihnen gelegen, etwas, das man fast *Zärtlichkeit* nennen konnte. Jetzt, im kargen Licht der Realität, war es noch kostbarer. Jede Sekunde, in der sie nicht gejagt wurden, erschien wie ein kleines Wunder.

„Wenn wir es über die Grenze schaffen", sagte Santiago leise, „dann können wir die Formel womöglich vervollkommnen. Wirklich *retten*, wofür sie bestimmt ist. Das war immer meine Vision..."

Dragica nickte, doch ein bitterer Geschmack kroch in ihre Kehle. *Zu welchem Preis?*

Hafen von Barcelona – 18:45 Uhr
Andrei presste sich keuchend an eine Containerwand, spürte sein pochendes Herz bis in die Schläfen. Er hatte bereits zwei der Sol-Invictus-Wachen erwischt, aber jetzt waren es noch mindestens drei, darunter einer mit einem Sturmgewehr. Ihm selbst blieben nur noch zwei Magazine.

Costa hatte sich zurückgezogen, gab offenbar aus sicherer Distanz Befehle. Er hörte sie rufen: „Er darf nicht entkommen! Treibt ihn in die Enge!"

Sie haben das Gelände weiträumig abgeriegelt, dachte Andrei. *Aber vielleicht gibt es noch einen anderen Ausgang am Pier.*

Ein Schatten zog über ihn hinweg, und sein Blut fror. *Ein Helikopter?* Er hob den Kopf – tatsächlich, ein schwarzer Hubschrauber kreiste über dem Hafen. *Die setzen wirklich alles auf eine Karte.*

Sein Magen krampfte sich zusammen. *Du bist hier, Andrei, und kämpfst auf verlorenem Posten.* Aber er hatte gewusst, worauf er sich einließ.

Ein schneller Blick um die Ecke: Einer der Männer pirschte sich heran, die Waffe im Anschlag. Andrei ließ sich fallen, rollte über den Boden und feuerte auf Knöchelhöhe. Der Schütze stürzte mit einem Aufschrei.

Doch schon rasten weitere Kugeln durch die Luft. Metall splitterte, Containerwände bebten. Andrei hechtete zurück, spürte einen stechenden Schmerz in der Seite. *Scheiße – ein Streifschuss?*

Er biss die Zähne zusammen, hielt sich die blutende Flanke. *Keine Zeit für Selbstmitleid.*

Autobahn-Raststätte vor Girona – 19:05 Uhr
Dragica steuerte den Kleinwagen in die Parkbucht einer kleinen, abgelegenen Raststätte. Von hier aus führte nur eine Nebenausfahrt zurück auf die Autobahn, abseits der normalen Route.

„Wir müssen tanken", sagte sie knapp. „Der Wagen ist fast leer."

Santiago warf einen Blick auf die Instrumente. „Okay, aber wir bleiben unauffällig."

Sie stiegen aus, streckten vorsichtig die Glieder. Der Abendhimmel verfärbte sich allmählich ins Violett, und eine laue Brise wehte über das Gelände. Nur wenige Fahrzeuge standen hier – zwei LKW, ein Wohnmobil, ein alter Kombi.

Mit jeder Faser war Dragica angespannt. *Vielleicht wartet hier schon eine Falle.* Doch die Zapfsäulen wirkten verlassen, der kleine Shop war nur mäßig beleuchtet.

Sie füllte den Tank. Santiago blieb in der Nähe des Autos, achtete auf jeden Schatten. Sein Blick huschte von der Einfahrt zum Ausgang und wieder zurück.

„Noch scheint alles ruhig", murmelte er.

Als Dragica eintrat, um zu bezahlen, traf sie auf einen müden Kassierer, der kaum aufblickte. Sie warf ein paar Scheine auf den Tresen, mied Augenkontakt. *Bloß keine Aufmerksamkeit erregen.*

Gerade, als sie die Kasse verließ, bemerkte sie aus dem Augenwinkel einen Mann, der in einer dunklen Ecke des Ladens an einem Automaten stand und sie beobachtete. Seine Augen glänzten kalt.

Ihr Herz machte einen Sprung. Sie beschleunigte ihre Schritte zurück zum Wagen und raunte Santiago zu: „Wir werden beobachtet. Los, steig ein!"

Sie warfen sich in die Sitze, und Dragica startete den Motor. Ein Blick in den Rückspiegel zeigte, wie der Mann jetzt zur Tür hinaustrat und ein Handy ans Ohr hielt.

„Zu spät", sagte Santiago mit trockener Kehle. „Er hat uns erkannt."

„Dann Vollgas", knurrte Dragica und trat das Pedal durch.

Der alte Kleinwagen röhrte und ruckelte, aber er beschleunigte. Hinter ihnen in der Raststätte sahen sie noch, wie der fremde Mann hektisch nach einem Fahrzeug Ausschau hielt – offenbar vergebens.

„Wir haben nur einen minimalen Vorsprung", sagte Santiago. „Wenn er Sol Invictus anruft, sperren sie vielleicht die Ausfahrt oder schicken uns einen Trupp hinterher."

„Dann fahren wir über die Landstraße, notfalls querfeldein", entschied Dragica.

Santiago biss sich auf die Lippe. „Und wenn sie uns erwischen...?"

Dragica drückte das Lenkrad. „Dann werden wir kämpfen. Wie immer."

Hafen von Barcelona – 19:15 Uhr
Andrei keuchte auf, als er sich an einem Container hochzog. Seine Seite brannte wie Feuer, das Hemd war dunkel verfärbt vom Blut. In der Ferne hörte er das Rotoren Geräusch des Helikopters, der offenbar Kreise zog, als suche er nach ihm.

Er konnte nicht mehr. Er spürte, wie die Kräfte ihn verließen. Aufgeben war trotzdem keine Option. *Nur noch ein bisschen länger...*

In einem letzten, verzweifelten Versuch stolperte er weiter zum Pier. Hier war das Gelände etwas offener – gefährlich, weil weniger Deckung vorhanden war, aber vielleicht konnte er...

„Stehenbleiben."

Die Stimme drang von hinten an sein Ohr. Er drehte sich um. Eine Gestalt in dunkler Uniform, das Gewehr auf ihn gerichtet. Kein Entkommen mehr.

Andrei sah ihn an, erkannte in seinen Augen den unvermeidlichen Befehl: *Töte ihn, wenn er sich rührt.*

Er ließ langsam die Pistole fallen, atmete zitternd aus. *Das war es also.*

Gerade als er glaubte, die Mündung zu spüren, zerriss plötzlich ein ohrenbetäubendes Krachen die Luft. Eine Explosion irgendwo seitlich – flammende Hitze, Funken, scharfes Licht.

Der Wachmann wirbelte herum, schrie etwas. Andrei nutzte den Moment, warf sich flach auf den Boden. Er hatte keine Kraft mehr zu rennen, keine Kugeln mehr. In dem ohrenbetäubenden Lärm stieg Rauch auf, Container krachten um.

Wer zur Hölle…?

Plötzlich kniete jemand neben ihm, packte ihn grob an der Schulter. Andrei wandte den Kopf und sah eine maskierte Gestalt, schwarz gekleidet – offenbar kein Sol-Invictus-Soldat.

„Versuch zu atmen, Kumpel", sagte die Gestalt mit einer dumpfen, verzerrten Stimme. „Wir bringen dich hier raus."

Dann hievte er Andrei hoch, während im Hintergrund weitere Schüsse fielen. Andrei war zu benommen, um sich zu wehren oder zu fragen, zu wem diese Hilfe gehörte. *Vielleicht eine weitere Untergrundgruppe?*

Er ließ sich fortzerren, spürte den Schmerz in jeder Faser. *Solange Costa nicht gewinnt…*

Die Welt verschwamm vor seinen Augen.

Grenzregion – 20:45 Uhr

Der alte Kleinwagen schnaufte über eine kurvenreiche Landstraße im katalanischen Hinterland. Dragica hielt mit verbissener Entschlossenheit das Lenkrad, während Santiago neben ihr die Karte überprüfte.

„Wir sind fast in der Nähe der Grenze", sagte er. „Wenn wir diese Nebenroute nehmen, könnten wir die Haupt-Grenzübergänge umgehen."

„Mach es. Egal wie holprig die Straße ist."

Der Himmel war längst in dunkelblaue Schatten getaucht, nur im Westen glomm ein orangefarbener Schimmer. Dragica spürte eine flackernde Erleichterung: *Noch ein paar Kilometer...*

Dann jedoch, in einer Haarnadelkurve, leuchteten plötzlich zwei Scheinwerfer in ihrem Rückspiegel auf – erst weit entfernt, doch mit hoher Geschwindigkeit näherkommend.

„Santiago...", begann sie angespannt.

Er drehte sich um, entdeckte den schwarzen SUV. „Sie haben uns."

Die mächtigen Scheinwerfer flackerten. Der Wagen näherte sich rasend schnell, schloss auf. Umdrehen? Unmöglich, die Straße war zu eng. Anhalten? Lebensgefährlich.

„Wir müssen ihnen entkommen", sagte Dragica gepresst.

Sie gab Gas, so viel der alte Motor hergab. Der SUV hinter ihnen wippte kaum in den Kurven, offenbar ein hochgerüstetes Fahrzeug – sicher kein harmloser Tourist.

„Halt dich fest!", rief sie Santiago zu und trat das Gaspedal durch. Der Wagen jaulte, Schotter spritzte von den Reifen.

Gerade in dem Moment, als sie die nächste Kurve nahm, bog das schwarze Ungetüm fauchend aus einer Seitengasse und zog fast gleichauf. Santiago streifte Panik, als er das Logo von Sol Invictus auf der Tür schimmern sah. *Sie haben uns eingeholt.*

Mit lautem Quietschen stieß der SUV sie an der Seite an, versuchte sie von der Straße zu drängen. Dragica schrie auf, riss das Lenkrad herum. Der Kleinwagen geriet ins Schleudern, drohte, die Böschung herunterzustürzen.

Santiago klammerte sich an den Sitz, die kostbare Formel eingeklemmt zwischen seinen Füßen. *Sie darf nicht kaputtgehen!*

Im letzten Augenblick gelang es Dragica, das Auto zu stabilisieren. Doch der SUV zog erneut nach rechts, stieß sie diesmal härter.

„Wir fliegen gleich raus!", brüllte Santiago.

Ein letztes Mal trat Dragica auf die Bremse, ließ das Steuer kurz gegenlenken. Der Kleinwagen schlitterte um Haaresbreite an einem Graben vorbei und rammte den SUV gegen die Leitplanke. Metall kreischte, Funken stoben.

Aber das Ungetüm prallte nur ab wie ein störrisches Rhinozeros und setzte nach. *Unverwüstlich*, dachte Dragica verzweifelt. *Wie sollen wir das überstehen?*

Mit einem Male veränderten sich die Lichter hinter ihnen. Ein lautes Hupen ertönte. Von einer Seitenstraße raste ein zweiter Wagen heran, dessen Scheinwerfer das

Heck des SUV blendeten. Wie auf Kommando wich der schwarze Verfolger kurz aus.

„Was ist das jetzt?" keuchte Santiago.

Dragica erkannte, dass der zweite Wagen sich zwischen sie und den SUV drängen wollte. *Sind das mehr Feinde – oder Retter?*

Für einen flüchtigen Moment geriet der SUV ins Schlingern. Dann schlug er Funken spuckend über die Leitplanke, kippte halb auf die Seite und krachte in einen Straßengraben.

Dragica schaffte es, den Kleinwagen herumzureißen und knapp zum Stehen zu bringen. Ihr Atem flog. Santiago schnappte nach Luft, das Herz hämmerte ihnen beiden in der Brust.

Der zweite Wagen hielt in sicherer Entfernung. Aus dem geöffneten Fenster tauchte ein Arm in schwarzer Jacke auf. Eine Geste? Eine Aufforderung?

„Wir haben keine Ahnung, wer das ist", flüsterte Santiago.

Dragica kaute auf ihrer Lippe. *Wenn es Feinde wären, hätten sie uns vom Asphalt gefegt. Aber warum helfen sie uns?*

Langsam setzte sie den alten Wagen in Bewegung, rollte vorsichtig auf den schwarzen PKW zu. In ihr war eine bebende Unsicherheit.

Dann ging die Beifahrertür des fremden Autos auf. Eine Frau stieg aus – nicht Costa, aber jemand, der ebenso entschlossen wirkte. Sie trug eine Sturmhaube über den Haaren, das Gesicht halb verdeckt.

„Steigt ein, wenn ihr leben wollt", rief sie mit fester Stimme.

In Dragica schoss Misstrauen hoch. Doch irgendetwas an ihrem Ton sagte ihr, dass diese Unbekannte ihnen nicht direkt schaden wollte.

Santiago schluckte. „Vielleicht ist das... derselbe Kreis, der Andrei helfen wollte?"

Dragica warf einen Blick auf den rauchenden SUV im Graben. Ihre Chancen, allein weiterzukommen, waren gering. Polternde Schritte – vielleicht krochen Sol-Invictus-Agenten jeden Moment aus dem Unfallwrack.

„Wir haben keine Zeit", sagte sie und öffnete entschlossen die Tür. „Lass uns das Risiko eingehen."

Gemeinsam griffen sie sich die Behälter mit der Formel und stiegen aus ihrem klapprigen Auto. Dragica hielt ihre Waffe bereit, während die Fremde ihnen den Kofferraum des PKW öffnete.

„Verstaut alles da hinten. Beeilt euch!"

Santiago warf ihr einen fragenden Blick zu, doch Dragica nickte nur. *Wir vertrauen ihr – fürs Erste.*

Dann rutschten sie auf die Rückbank, während die Frau wieder ins Lenkrad griff. Der Motor heulte auf, Reifen quietschten, und sie schossen davon.

„Wer... bist du?" fragte Dragica atemlos.

Die Unbekannte sah kurz in den Rückspiegel, wobei ein Stück ihres Gesichts sichtbar wurde: scharfe, dunkle Augen, ein schmales Kinn. „Jemand, der dieselben Feinde hat wie ihr. Euer Freund Andrei... er ist in Sicherheit."

Ein Zittern erfasste Santiago. „Andrei... lebt?"

„Ja. Mehr müsst ihr vorerst nicht wissen."

Das Auto raste in die Nacht, weg von der Straße voller Autowrack und verletzter Agenten. Ein neues Kapitel öffnete sich – mit unbekannten Verbündeten, deren Absichten Dragica und Santiago nicht einschätzen konnten.

Aber der größte Lichtblick war die eine, kleine Gewissheit: Andrei hatte überlebt. Und Sol Invictus hatte gerade eine schmerzhafte Schlappe erlitten.

Kapitel 12

-

Ein Hauch von Wunder

Das Auto, gesteuert von der maskierten Unbekannten, raste durch die Nacht. Straßenschilder, Bäume und Lichter verschwammen zu einem wirren Kaleidoskop. Dragica saß auf der Rückbank, die Waffe noch immer fest in den Händen, während Santiago neben ihr die Behälter mit der Formel schützend im Schoß hielt.

Doch statt in einer weiteren Falle zu landen, fühlte es sich plötzlich seltsam... ruhig an. Keine Verfolger, keine kreischenden Sirenen. Die Stimme der Fahrerin drang durch das Motorengeräusch.

„Wir haben eine Abmachung mit Andrei. Wir bringen euch sicher über die Grenze – und ihn in Sicherheit. Ihr habt großes Glück, dass wir rechtzeitig eingreifen konnten."

Dragica schnappte nach Luft. „Was ist mit dem schwarzen SUV?"

„Er ist Schrott, und die Insassen sind beschäftigt, ihre Wunden zu lecken," erwiderte die Fremde trocken. „Sol Invictus ist fürs Erste ausgeschaltet."

Ein stilles Staunen breitete sich im Auto aus. Es fühlte sich irre an, aber für den Moment wirkte es, als sei das gefährliche Katz-und-Maus-Spiel tatsächlich unterbrochen.

„Und Andrei?" fragte Santiago, seine Stimme vibrierte vor Hoffnung.

Die Fahrerin nickte. „Er wurde verletzt, aber wir konnten ihn herausholen, bevor Costa ihre Leute auf ihn hetzen konnte. Wir haben eigene Mittel, um seine Wunde zu versorgen. Er lebt."

Santiago lehnte sich zurück. Er konnte kaum glauben, wie schnell sich das Blatt gewendet hatte. Nach Tagen, die sich wie Wochen angefühlt hatten, erfuhren sie endlich etwas, das fast wie **Glück** klang.

Kein Verfolger tauchte mehr auf; der Wagen fuhr eine Landstraße entlang, die scheinbar ins Nichts führte. Schließlich bogen sie in eine Einfahrt ein, die am Rand eines kleinen französischen Dorfes endete. Ein Schild am Wegesrand verriet: **Bienvenus en France**.

Dragicas Herz machte einen Sprung. *Sie haben es geschafft – über die Grenze!*

Die Unbekannte parkte den Wagen vor einem alten Steinhaus. Davor flackerte eine einzige Laterne, die gelblich-warme Lichtkegel auf den Kiesweg warf. „Kommt mit. Niemand wird euch hier suchen."

Sie folgten ihr durch eine knarzende Tür ins Haus. Drinnen roch es nach Holzfeuer und trockenem Heu, fast wie in einer alten Scheune. „Wir nennen es einen Unterschlupf," erklärte die Frau mit leisem Lächeln, nahm die Sturmhaube ab und enthüllte schulterlange, pechschwarze Haare. „Ich bin Nevena. Andrei hat euch viel von mir zu erzählen, wenn er wach ist."

Santiago und Dragica blieben dicht beieinander, während sie in einen dämmrigen Raum traten, wo ein

Kamin glomm. Dort lag, in Decken gewickelt, Andrei auf einer alten Matratze. Sein Gesicht war blass, doch seine Augen öffneten sich, als er ihre Schritte hörte.

„Ihr... seid wirklich hier," hauchte er, ein schwaches Lächeln im Mundwinkel.

„Und du lebst," entgegnete Dragica, die ihre Waffe nun endlich sinken ließ. „Trotz allem."

Andrei versuchte sich aufzurichten, doch ein Schmerzenslaut entrang sich seiner Kehle. Nevena eilte zu ihm, drückte ihn sanft in die Decken zurück. „Bleib liegen. Die Kugel hat dich übel erwischt, aber du wirst durchkommen. Wenn du deinen Körper jetzt überforderst, wird's gefährlich."

Andrei atmete stoßweise, warf Santiago einen Blick zu. „Hast du die Formel gerettet?"

Santiago wirkte, als würde ihm eine Last von den Schultern fallen. „Ja. Wir haben sie stabilisiert. Und wir sind wirklich über die Grenze. Alles... alles hat geklappt – zumindest fürs Erste."

Für einen kostbaren Moment schien die Welt stillzustehen. Aus der Ferne hörte man Grillenzirpen und das Knistern des Kaminfeuers. Dragica spürte eine tiefe Erleichterung in ihrer Brust, zum ersten Mal seit Tagen.

Nevena führte sie weiter in einen Nebenraum, der halb wie eine Werkstatt und halb wie ein Notfall-Labor aussah. Regale voller alter Instrumente, Kisten mit Vorräten – und ein großer Holztisch in der Mitte.

„Ihr könnt hierbleiben, bis ihr neue Pläne habt," sagte sie. „Ihr seid nicht die Ersten, die wir verstecken. Costa und ihre Schergen gehen uns seit Längerem gegen den Strich."

„Wer seid ihr überhaupt?" fragte Dragica, die allmählich ihre Waffe wegsteckte.

Nevena schürzte die Lippen. „Eine Gruppe von Leuten, die genug haben von verdeckten Machenschaften. Nicht so groß wie Sol Invictus, aber entschlossen genug, sie zu stören, wo wir können. Andrei hat uns kontaktiert, als er merkte, dass ihr in Barcelona festsitzt."

Santiago räusperte sich. „Wir wissen eure Hilfe zu schätzen. Wirklich. Ohne euch wäre alles vorbei gewesen."

Ein Funken Warmherzigkeit blitzte in Nevenas Augen auf. „Wir können uns später genauer austauschen. Jetzt aber erst mal ausruhen. Ihr seht aus, als würdet ihr jeden Moment umfallen."

Sie brachte ihnen Decken und Wasser. Dragica und Santiago schafften es gerade noch, die Behälter mit der Formel sicher zu platzieren, bevor sie sich in ein provisorisches Schlafzimmer zurückzogen.

Das Zimmer war spartanisch, zwei schmale Betten, ein Fenster, durch das der Mondschein fiel. Dragica schloss die Tür und ließ den Tag in Gedanken Revue passieren: Die wilde Verfolgungsjagd, der Crash mit dem SUV, die plötzliche Rettung...

„Es wirkt so unwirklich," murmelte sie. „Als hätten wir einfach Glück gehabt."

„Vielleicht haben wir das auch," sagte Santiago leise und trat näher zu ihr. Sie konnte seinen Herzschlag förmlich spüren – oder war es ihrer, der so laut pochte?

Sie dachte daran, wie sie sich noch vor wenigen Stunden vor Kugeln geduckt, vor Feinden geflohen waren... und wie sie nun in diesem friedlichen, alten Haus standen. Der Kontrast war beinahe überwältigend.

„Ich habe Angst, dass es zu schön ist, um wahr zu sein," gab Dragica zu. Ihre Augen suchten seinen Blick.

Santiago hob eine Hand, strich sanft über ihr Haar. „Nur für diesen Moment... sollten wir es zulassen."

Ein warmer Schauer kroch durch ihren Körper, als sie sich an ihn lehnte. Er schloss die Arme um sie, und sie ließ die Erschöpfung zu, ließ die Sorgen kurz in den Hintergrund treten. Ihre Lippen fanden seine – erst zögernd, dann intensiver, mit all der aufgestauten Sehnsucht, die sich in den letzten Tagen aufgebaut hatte.

Ihr Atem verschmolz, während der Mond sein fahles Licht auf die Wände warf. In diesem Augenblick existierten Sol Invictus, Dr. Costa und all die Gefahren nur als fernes Donnergrollen, das sie nicht erreichen konnte.

Ein paar Zimmer weiter hatte Nevena die Haustür von innen verriegelt. Andrei dämmerte in unruhigem Halbschlaf, aber ihm schien ein Lächeln übers Gesicht zu huschen, als er die gedämpften Stimmen von Dragica und Santiago hörte.

„Tja, vielleicht haben sie's doch mal verdient, durchzuatmen," murmelte er, bevor ihn die Müdigkeit endgültig übermannte.

Draußen auf dem Kiesweg stand ein weiteres Mitglied dieser kleinen Untergrundgruppe. Er rauchte eine

Zigarette, die rot aufglimmte und zeigte, wie ruhig seine Hände waren. Man hatte ihn heute hingeschickt, um Andrei und den anderen zu helfen – und es war tatsächlich **glatt** gegangen. Zumindest soweit.

Sol Invictus würde sie hier nicht so schnell suchen. Die Grenze war überschritten, das Land war groß, und die Organisation hatte ihre größten Stützpunkte woanders.

„Noch mal Glück gehabt," murmelte der Wachposten ins Nichts.

Niemand ahnte, dass in einer Suite eines Pariser Luxushotels zwei Anzugträger gerade einen Laptop betrachteten, auf dem eine rote Blinkmarkierung prangte. Ein Signal von einem kleinen, unbedeutenden Sender, den Sol Invictus heimlich installiert hatte – an irgendeinem Koffer, einer Tasche, vielleicht im Auto.

Die Männer wechselten düstere Blicke. „Sie haben die Grenze erreicht. Wir haben das Signal nahe Perpignan empfangen. Vermutlich irgendwo im Hinterland. Sobald wir die exakten Koordinaten haben..."

Der andere schnappte sich sein Handy und wählte eine Nummer. „Wir holen sie. Und diesmal werden sie nicht wieder entkommen."

Im alten Steinhaus war es still geworden. Dragica und Santiago waren in tiefen Schlaf gefallen, nachdem sie zum ersten Mal seit Langem ein paar Stunden friedlich hatten durchatmen können – eng aneinandergeschmiegt. Andrei döste erschöpft in der kleinen Kammer, das Fieber langsam unter Kontrolle.

Nevena saß vor dem Kamin, ihr Blick auf die glimmenden Holzscheite gerichtet. Sie lächelte sacht, zufrieden damit, dass dieser Tag ohne weiteres Blutbad geendet hatte.

Allerdings war ihr klar, dass es nur eine Frage der Zeit war, bis Sol Invictus sie aufspürte. Glück blieb selten unentdeckt, wenn so viel Macht im Spiel war.

Aber für diesen einen, flüchtigen Moment war alles gut. Ein seltsames, unwahrscheinliches Wunder mitten in einer Welt, die am Abgrund wankte.

Ein Glücksmoment, wie eine Atempause, bevor der nächste Sturm sie unweigerlich erreichte.

Ein blasses Licht fiel durch die Ritzen der Fensterläden, als Dragica die Augen öffnete. Für einen Sekundenbruchteil schien alles friedlich. Ihr Körper war wohlig schwer, Santiagos Arm lag wärmend um ihre Taille – ein Moment, den sie kaum begreifen konnte, nachdem sie wochenlang nur Flucht und Angst gekannt hatte.

Doch die Realität fand ihren Weg zurück in ihre Gedanken: *Wir sind noch nicht frei.*

Als sie sich vorsichtig aus der Umarmung löste, spürte sie Santiagos Hand auf ihrer Haut. Er murmelte etwas im Halbschlaf, griff nach ihr. Einen Atemzug lang blieb sie stehen, um diesen zarten Augenblick zu spüren. Dann strich sie ihm sanft über die Haare und erhob sich schließlich aus dem Bett.

Die Dielen knarrten, während sie zum Fenster ging. Draußen hörte sie die Geräusche eines erwachenden Hofes: ein Hund bellte, irgendwo schlugen Hühner aufgeregt mit den Flügeln. Die klare Luft Frankreichs hatte etwas Beruhigendes, doch sie wusste, dass es nur ein Trugbild sein konnte.

Nevena wartete bereits in der kleinen Küche des alten Steinhauses. Sie hatte Kaffee aufgesetzt, dessen Duft den Raum erfüllte. Andrei war noch nicht zu sehen, vermutlich lag er weiterhin auskuriert auf seiner Matratze.

„Guten Morgen", sagte Nevena leise. Ihr Blick war wachsam, wie bei einer, die sich nicht leisten kann zu verschlafen. „Habt ihr gut geschlafen?"

Dragica räusperte sich. „Zum ersten Mal seit langem ja. Danke für alles. Wie geht es Andrei?"

„Seine Temperatur ist runtergegangen", erklärte Nevena und reichte ihr eine dampfende Tasse. „Er ist zäh – aber er braucht Ruhe. Wir haben ihm Antibiotika gegeben, damit die Wunde nicht infektiös wird."

Dragica nickte dankbar und ließ sich auf einem alten Stuhl nieder. „Hast du nachts etwas Verdächtiges bemerkt? Sol Invictus? Polizei?"

Nevena schüttelte den Kopf. „Wir haben mehrere Posten auf dem Grundstück. Nichts Ungewöhnliches."

Ein winziger Funke Zuversicht blitzte in Dragica auf. *Vielleicht haben wir diesmal wirklich einen Vorsprung.*

Gerade als sie an ihrer Tasse nippte, tauchte Santiago in der Küchentür auf. Sein Haar stand wirr ab, und er rieb sich den Nacken, als habe er seit Jahren nicht mehr so fest geschlafen. Sein Blick traf Dragicas, und in seinen Augen lag ein warmer Ausdruck.

„Morgen", brummte er, während Nevena ihm ebenfalls eine Tasse Kaffee anbot.

Für einen Moment wirkten sie wie zwei einfache Reisende in einem Landhaus, doch die Sorgen ließen sich nicht einfach wegwischen.

„Die Formel", sagte Santiago nach dem ersten Schluck. „Ich würde sie gern noch einmal prüfen. Wenn wir hier ein paar Instrumente auftreiben könnten, könnten wir..."

Nevena hob die Hand. „Eins nach dem anderen. Wir besorgen, was ihr braucht. Aber es gibt Wichtigeres, das ihr wissen müsst."

Mit ernster Miene zog sie ein Smartphone hervor, tippte kurz. „Einer meiner Leute hat heute Nacht ein seltsames Signal empfangen, nur für wenige Sekunden. Es... könnte ein Peilsender sein, der an irgendetwas von euch haftet."

Dragica spürte, wie ihr das Herz in die Magengrube rutschte. „Dann weiß Sol Invictus möglicherweise längst, wo wir sind."

Nevena kniff die Lippen zusammen. „Vielleicht. Oder sie haben nur eine ungefähre Peilung. Wir haben den Wagen, mit dem wir euch abgeholt haben, bereits versteckt und durchsucht – nichts. Aber was ist mit euren Sachen aus dem Mietauto? Oder eurem Gepäck?"

Santiago wechselte einen bestürzten Blick mit Dragica. „Möglich. Unsere Ausrüstung ist im Gästezimmer... Da sollten wir alles durchsehen."

„Macht das", meinte Nevena. „Ich schicke jemanden los, der zusätzliche Scanner und Abschirmgeräte besorgt."

Ein Kribbeln vor Unbehagen überfiel Dragica. *Kaum dämmern die ersten friedlichen Stunden, schleicht sich schon der nächste Schatten heran.*

Ein unverhoffter Lichtblick

Als sie gemeinsam ins Gästezimmer gingen, wo die Behälter mit der Formel sicher verstaut waren, hörten sie plötzlich Andres heisere Stimme rufen. „Dragica? Santiago?"

Er saß am Rand seiner Matratze und sah sie müde an. Trotz der Wunde hatte er wieder Farbe im Gesicht.

„Ich kann nicht einfach hier herumliegen, ohne zu wissen, was passiert", beklagte er sich.

Dragica musterte ihn mit hochgezogener Augenbraue. „Du solltest ruhen. Willst du schon wieder im Kampfgetümmel landen?"

Andrei versuchte ein Lächeln, das in einem schmerzhaften Zucken endete. „Nur, wenn's sein muss. Aber wenigstens muss ich Bescheid wissen."

„Dann lass mich dir die Lage erklären", sagte Santiago, während er auf einem Hocker Platz nahm. Und so fasste er in ruhigen Worten zusammen, was Nevena ihnen berichtet hatte.

Zu ihrer Überraschung wirkte Andrei kaum überrascht. „Ein Peilsender also. Wenig verwunderlich. Costa und ihre Leute verschwenden keine Chance. Ich hatte gehofft, wir wären sauber aus Barcelona raus, aber..."

Seine Stimme brach kurz. Dann biss er die Zähne zusammen, als würde er den Schmerz wegdrücken. „Ich wette, der Sender wurde an etwas angebracht, das sie wussten, dass wir nicht so leicht wegwerfen – vielleicht an einem ihrer Probenkoffer, einer Labortasche. Wir sollten alles checken."

„Wir machen das sofort", versprach Dragica. „Aber jetzt leg dich hin, sonst reißt deine Wunde wieder auf."

Andrei ließ den Kopf sinken und gab sich geschlagen. „Alles klar. Aber wenn ihr mich braucht..."

Santiago erhob sich. „Du bist ansprechbar. Das ist alles, was zählt."

Kapitel 13

-

Eine seltene, strahlende Stunde

Während sie ihre Sachen durchsuchten, ergab sich ein unerwartet schöner Moment: In einem abgetrennten Nebenraum, der provisorisch als Labor diente, standen behelfsmäßige Instrumente – keineswegs hochmodern, aber für einfache Tests ausreichend. Die Gruppe um Nevena hatte offenbar schon öfter verborgene Forschungen unterstützt.

„Hey", sagte Santiago plötzlich, seine Stimme klang aufgeregt. „Dragica, komm mal her!"

Er hatte eines der Reagenzgläser in der Hand, in dem die grün-bläulich schimmernde Substanz der stabilisierten Formel schwach pulsierte. „Ich habe eben einen groben Test durchgeführt. Und schau... Die Struktur ist vollkommen intakt. Besser als ich gehofft hatte."

Dragica trat näher und beugte sich über das kleine Mikroskop, in dem Santiago einen Tropfen der Flüssigkeit beleuchtete. „Verstehe nicht viel davon", gab sie zu, „aber ich sehe, dass es nicht mehr auseinanderfällt."

„Genau. Das heißt, wir haben eine echte Chance, die Forschungen weiterzuführen – ohne, dass uns alles explodiert."

Er strahlte sie an, ein ungewohntes, fast jugendliches Leuchten. Dragica spürte, wie sich etwas in ihrer Brust zusammenzog: *Ein schöner Anblick – und zugleich die Erinnerung, warum wir in diesem Chaos stecken.*

Sie schluckte. „Das ist großartig, Santiago. Wirklich."

Für einen Augenblick gab es kein Hämmern von Verfolgerstiefeln, keine drohenden Schüsse, keine Schmerzensschreie – nur diesen kurzen Funken Hoffnung, dass das Projekt *Genesis* tatsächlich die Menschheit verändern könnte. Zum Besseren.

Nevena kam hereingeschlendert, ein kleines elektronisches Lesegerät in der Hand. „Hab was aufgetrieben, um versteckte Transponder ausfindig zu machen. Wir sollten jedes Teil, das ihr mitgebracht habt, einzeln durchleuchten."

Dragica und Santiago begannen systematisch: Der Koffer mit der Formel, die Notizen, ein Rucksack mit Werkzeugen, Kleidung... bis das Gerät plötzlich aufheulte. Ein schrilles Piepen, das anzeigte, dass irgendwo ein Signal abging.

„Hier!" rief Nevena. Sie zeigte auf eine unscheinbare Metallschiene am Boden des Koffers, in dem sie ursprünglich Messgeräte transportiert hatten. Dort lugte winzig klein ein schwarzes Plättchen hervor.

„Das ist der Sender", sagte Dragica, die das Teil vorsichtig mit einem Messer abhebelte. „Verdammt raffiniert platziert. Wir hätten es nie bemerkt, wenn das Messgerät kaputtgegangen wäre."

Nevena runzelte die Stirn, nahm den Peilsender und legte ihn auf den Tisch. „Am besten zerstören wir das Ding sofort."

Santiago hielt kurz inne. „Oder wir schicken es auf eine falsche Reise. Wenn wir es vernichten, merkt Sol Invictus sofort, dass wir es gefunden haben. Wenn wir es aber irgendwohin bringen, wo wir nicht sind..."

Dragica sah ihn an, ein Lächeln huschte über ihre Lippen. „Eine Ablenkung also. Wir lenken sie an einen anderen Ort, und währenddessen können wir weiter untertauchen."

Nevena nickte zustimmend. „Clever. Wir haben Bekannte, die so was schon mal gemacht haben. Wenn wir den Sender in irgendein Transitfahrzeug stecken, jagen sie ihre Leute vielleicht einmal quer durch Europa, während wir hierbleiben."

Kaum war der Plan ausgesprochen, als hätte das Schicksal für diesen Moment ein Einsehen, klingelte Nevenas Handy. Sie nahm ab, wechselte ein paar knappe Sätze auf Französisch, dann legte sie wieder auf.

„Einer meiner Leute ist gerade mit einem LKW in Richtung Polen unterwegs. Er könnte den Sender mitnehmen und unterwegs irgendeinen Abzweig Richtung Baltikum nehmen. Sol Invictus sucht sich dann hoffentlich dumm und dämlich."

Dragica atmete aus, als würde eine unsichtbare Hand die Schlinge vom Hals lösen. *So viele Tage nur Flucht und Pech – und jetzt so viele gute Zufälle...*

Sie wusste, dass sie das Glück nicht überstrapazieren durften, aber allein die Vorstellung, Sol Invictus endlich einmal auszutricksen, war süß.

Santiago warf ihr einen triumphierenden Blick zu. „Dann sollten wir schnell handeln.“

Nevena griff zum Rucksack. „Ich mache mich sofort auf den Weg zur vereinbarten Stelle. Er wartet in einer Kleinstadt, etwa eine Stunde von hier. Danach bringe ich den Sender in seinen LKW. Ihr bleibt hier und seid vorsichtig, verstanden?“

Die Wärme in ihrem Ton sagte viel über das Vertrauen aus, das sie Dragica und Santiago bereits schenkte. Noch vor Kurzem waren sie Fremde gewesen.

Kurz darauf war Nevena verschwunden, und Dragica lehnte draußen an der Hauswand, die Arme vor der Brust verschränkt. Die Sonne stand bereits höher, wärmte ihr Gesicht. *Es fühlt sich an wie Urlaub – und gleichzeitig wie der Vorhof zur Hölle.*

Santiago trat zu ihr, legte ihr sachte eine Hand auf die Schulter. „Alles okay?“

Sie nickte, zögerte. Dann sagte sie leise: „Ich hab das Gefühl, wir könnten das hier tatsächlich schaffen. Wir haben ein sicheres Haus, Freunde, und die Formel stabil in der Tasche. Das ist... mehr, als wir je hatten.“

Eine warme Pause entstand zwischen ihnen, während sie den Blick auf die Bäume und Felder richteten, die das Grundstück säumten. Die friedliche Szenerie hätte fast den Eindruck erwecken können, sie wären nur ein Pärchen auf dem Land, ohne weltweite Verschwörungen im Nacken.

Dragica atmete tief ein. „Mir kommt das wie ein Wunder vor. Alles, was wir durchgemacht haben, und jetzt... läuft es plötzlich rund."

Santiago hob eine Augenbraue. „Ich will es nicht verschreien, aber... ja. Es ist ein seltsam schönes Gefühl."

Sie neigte den Kopf an seine Schulter, genoss diesen Moment. Gleichzeitig erinnerte sie sich an Andres Worte, an Nevenas Wachsamkeit: *Sol Invictus verschwindet nicht einfach. Doch wenigstens jetzt, in dieser flüchtigen Stunde, liegen wir nicht mehr in ihren Fesseln.*

„Komm", murmelte sie irgendwann. „Lass uns Andrei besuchen und dann überlegen, was unser nächster Schritt ist. Wir haben kostbare Zeit gewonnen, sollten sie nicht vergeuden."

Santiago hauchte ihr einen Kuss auf die Stirn. „Du hast recht. Auch wenn es guttut, mal eine Weile nicht zu rennen, müssen wir nach vorn schauen."

Und so gingen sie hinein, um die kurze Glückssträhne zu nutzen und Pläne zu schmieden – ahnungslos, dass in ebenjenem Augenblick ein hochrangiger Sol-Invictus-Funktionär in Paris bereits seine Eliteagenten losschickte.

Noch hatte das Glück ihre Seite gewählt. Aber das Schicksal spielte stets sein eigenes Spiel.

Die Sonne erreichte allmählich ihren Zenit und tauchte das alte Steinhaus in ein freundliches Licht, während draußen ein leichter Wind durch die Bäume fuhr. Ein perfekter Tag, dachte Dragica, wenn man nicht gerade eine tödliche Geheimorganisation auf den Fersen hätte.

„Gut, dass du vorbeikommst", sagte sie leise und hockte sich neben Andrei, der sich mittlerweile gegen die Wand gelehnt hatte. Er sah zwar noch blass aus, doch seine Wunde heilte besser, als irgendwer zu hoffen gewagt hatte. Der Schweiß stand ihm auf der Stirn, aber in seinen Augen lag Entschlossenheit.

Santiago stand etwas abseits, die Arme vor der Brust verschränkt, und betrachtete die Szene nachdenklich. „Wie fühlst du dich, Andrei?", fragte er.

Andrei lachte kurz, was in einem gequälten Husten endete. „Ehrlich? Als hätte ein LKW mich überrollt. Aber ich bin froh, dass ihr noch am Leben seid... und dass wir endlich mal nicht unter Kugelhagel stehen."

Trotz des halb scherzhaften Tons lag in seinen Worten eine nicht zu überhörende Erleichterung. Von draußen drang der Klang leiser Gespräche herein; Nevenas Leute waren wohl bereits dabei, das Gelände weiter abzusichern.

Dragica legte ihm eine Hand auf die Schulter. „Nevena hat den Peilsender mitgenommen. Wenn alles klappt, führt die Spur Sol Invictus weit weg von hier. Zumindest für eine Weile."

Andrei nickte. „Gut. Vielleicht haben wir endlich Zeit, den nächsten Schritt zu planen." Er verzog das Gesicht, als er sich aufrichten wollte. „Ich kann aber nicht ewig hier herumliegen. Ich würde lieber beim Planen helfen, als meine Knochen zu zählen."

Santiago warf ihm einen prüfenden Blick zu. „Du wirst dich noch schonen müssen. Aber klar – wir brauchen jedes bisschen Unterstützung. Die Formel ist stabilisiert, doch was kommt als Nächstes?"

In der provisorischen Küche des Hauses hatte Nevena einige Konservendosen und frisches Brot aus dem Dorf zusammengetragen. Das Aroma von starkem Kaffee erfüllte erneut die Luft, als Dragica und Santiago sich an den Tisch setzten. Zum ersten Mal seit Langem gab es eine Mahlzeit in Ruhe.

Nevena setzte sich dazu, wischte sich mit dem Handrücken ein paar lose Haarsträhnen aus dem Gesicht. „Der LKW ist längst unterwegs", verkündete sie in die Runde. „Ich habe das Signal umgeleitet. Mit Glück halten sie euch für irgendwelche Reisende, die nach Osteuropa verschwunden sind."

„Das hoffen wir", sagte Dragica. Sie brach sich ein Stück Brot ab. „Der Plan war, dass wir früher oder später versuchen, ein Labor in der Provence zu erreichen, wo Santiago seine Forschungen fortsetzen könnte. Aber wir waren uns nie sicher, ob wir das schaffen."

Nevena spitzte die Lippen und betrachtete Santiago. „Dein Labor – ist das gut genug ausgestattet? Haben deine Kontakte dort Mittel, um weiterzumachen?"

„Ich habe ein paar alte Weggefährten in Marseille und Avignon. Einer davon schuldet mir einen Gefallen", erklärte Santiago. „Sie könnten nicht nur die Formel weiterentwickeln, sondern auch dafür sorgen, dass wir politisch neutral bleiben. Sol Invictus hat in Frankreich weniger Einfluss als in Spanien, zumindest was die Lokalpolitik angeht."

Nevena nickte langsam. „Ich kann euch helfen, dorthin zu gelangen. Zumindest bis in die Provence. Aber wir müssen es klug anstellen – falls doch jemandem auffällt, dass der Peilsender eine Finte war, sitzen wir wieder in der Falle."

Dragica legte ihre Hand auf Santiagos Arm. „Das klingt nach einem Plan – du bringst die Formel an einen Ort, wo ihr sie retten könnt, und wir bleiben erst mal vom Radar verschwunden." Für einen Moment blitzte in ihrem Blick ein Lächeln auf. „Verrückt, dass wir überhaupt so weit gekommen sind."

Das Essen verlief für alle in einer ungewöhnlich heiteren Stimmung. Obwohl sie wussten, dass dieser Frieden auf wackligen Füßen stand, erlaubten sie sich, einmal tief Luft zu holen und zu lächeln. Andrei kam sogar kurz hinzu, ließ sich erschöpft auf einen Stuhl sinken und lehnte den Kopf an die Lehne – aber er war da, lebendig, und das war mehr, als sie erwarten konnten.

Nevena nutzte die Gelegenheit, ihnen mehr von ihrer kleinen Gruppe zu erzählen. „Wir sind keine große Organisation. Eher ein loser Verbund von Leuten aus ganz Europa, die gemeinsam gegen Konzerne und Regime kämpfen, die das Leben anderer für Macht ausnutzen. Sol Invictus ist nur eines von vielen Gesichtern."

Santiago hörte gebannt zu. „Und ihr arbeitet völlig im Verborgenen? Oder habt ihr Verbündete bei Regierungen?"

Nevena schnaubte. „Regierungen... jeder Apparatschik hat irgendwo Schattenverbindungen, und wir trauen kaum jemandem. Aber wir kennen ein paar aufrichtige

Menschen – Anwälte, Journalisten, auch Politiker, die manchmal wegsehen, wenn wir 'Dinge' tun. Nur so ist es möglich, überhaupt am Leben zu bleiben."

Dragica nickte nachdenklich. „Klingt, als würden wir auf derselben Seite stehen. Solange ihr nicht versucht, uns die Formel abzunehmen."

Ein kurzes Schmunzeln erschien auf Nevenas Lippen. „Keine Sorge. Ehrlich gesagt hoffen wir, dass ihr sie wirklich zum Wohl der Menschheit nutzt. Wenn die Gerüchte wahr sind, könnte euer Projekt ... sehr weitreichend sein."

„Ist es", sagte Santiago leise. „Aber wir müssen es behutsam einsetzen, sonst schaffen wir genau die Dystopie, die wir verhindern wollen."

Während sie redeten, ließ sich Andrei noch einmal in sein Zimmer helfen. Er war blass, doch in seinem Gesicht lag Zufriedenheit – so, als würde er die Ruhe wirklich genießen. Dann verabschiedete er sich mit müdem Gruß; Nevena versprach, ihm später Antibiotika zu bringen.

Dragica öffnete derweil eines der Fenster, um frische Luft hereinzulassen. Das Haus lag idyllisch inmitten grüner Wiesen und knorriger Bäume, und in der Ferne schlängelte sich ein Fluss durch die Hügel. Kaum vorstellbar, dass ein weltweiter Geheimbund sie bis hierher verfolgen könnte. Und doch...

„Denkst du, wir bleiben hier noch eine Nacht?", fragte sie, ohne sich umzudrehen.

Santiago trat neben sie. „Am besten nicht zu lange. Sobald wir uns etwas erholt haben, sollten wir weiter."

Nevena erschien im Türrahmen. „Sagen wir mal, ihr habt 24 Stunden. Dann müssen wir euch Richtung Provence lotsen, bevor jemand Verdacht schöpft."

Dragica nickte. „Abgemacht. Wir ruhen uns heute aus, packen alles Wichtige zusammen und brechen morgen auf."

Die Gewissheit, dass sie heute tatsächlich einmal schlafen konnten, ohne sofort wieder zu fliehen, fühlte sich an wie ein kleines Wunder.

Der Tag verstrich. Dragica und Santiago halfen im Haus, deckten mit Planen den alten Wagen, mit dem sie angekommen waren, und plauderten hin und wieder mit den anderen Mitgliedern von Nevenas Gruppe. Einige wirkten recht jung, fast wie Studenten, andere waren älter und erinnerten an alte Widerstandskämpfer. Niemand stellte viele Fragen; alle schienen zu verstehen, dass das Thema Sol Invictus gefährlich war.

Während der Abend dämmerte, kümmerten sie sich um Andrei. Seine Schmerzen ließen etwas nach, und er konnte ein paar Bissen Suppe zu sich nehmen. Er wirkte erschöpft, aber er hatte endlich wieder einen klaren Blick.

„Ihr zwei habt das alles verrückt gut überstanden", sagte er zu Dragica und Santiago, während er mit einem Löffel in seiner Schale rührte. „Von einer Verfolgung in die nächste... und jetzt sitzen wir im Grünen, als wäre nichts gewesen."

Dragica ließ sich auf einem kleinen Hocker nieder. „Fühlt sich fast zu leicht an. Ich warte ständig darauf, dass irgendeine Tür auffliegt und Costa persönlich vor uns steht."

Andrei hob die Schultern, verzog kurz schmerzhaft das Gesicht. „Vielleicht ist das unsere Glückssträhne. Sei doch mal optimistisch."

Santiago warf Dragica einen nachdenklichen Blick zu. „Du hast recht: Es läuft wirklich gut. Aber wir dürfen nicht vergessen, was Nevena über das Signal gesagt hat. Sie konnte es umleiten – trotzdem wird Sol Invictus irgendwann merken, dass sie reingelegt wurden."

Andrei nickte, trank einen Schluck Wasser. „Wir müssen bereit sein. Wir können uns glücklich schätzen, aber wir dürfen nicht naiv werden. Es ist ein ruhiges Intermezzo, mehr nicht."

Kapitel 14

-

Im Mondschein

Die Nacht brach an, doch im Gegensatz zu den vorherigen Tagen fühlte es sich nicht gefährlich an. Keine Schüsse, keine Drohnen, kein tief brummender Helikopter am Himmel. Vielmehr leuchteten die Sterne klar über dem alten Haus, und eine milde Brise strich über die Wiesen.

Dragica stand mit Santiago draußen vor der Tür. Sie hatten die Lampen gelöscht, sodass nur das Mondlicht ihre Gesichter erhellte. Ein Frosch quakte im nahen Teich, Glühwürmchen tanzten über der Böschung.

Leise, fast zaghaft, legte Santiago einen Arm um sie. „Danke", flüsterte er.

„Für was?" Sie ließ ihren Kopf an seine Schulter sinken.

„Für alles. Dass du immer wieder an mich glaubst – an uns. Ohne dich hätte ich das Genesis-Projekt längst aufgegeben."

Ein Schauer lief ihr den Rücken hinunter. Ganz langsam drehte sie sich zu ihm, blickte in seine dunklen Augen, die jetzt in der Mondnacht wie zwei tiefe Seen wirkten. „Ich werde dich daran erinnern, wenn wir wieder flüchten müssen", sagte sie leise und schmunzelte.

Ihre Lippen berührten sich. Anders als zuvor war dieser Kuss nicht hastig oder getrieben von Angst, sondern behutsam und voller Vertrautheit. Um sie herum raschelte der Wind in den Bäumen, und für diesen flüchtigen Moment hätte es keine andere Welt geben müssen.

Drinnen, im Haus, war Nevena derweil noch wach. Sie hielt ihr Telefon in der Hand und starrte auf das Display. Eine neue Textnachricht war eingegangen, kurz, knapp, mit einem französischen Kürzel:

„Nouv. trace du signal. Collines au sud. Attention."

Nevena runzelte die Stirn. Offenbar hatte jemand eine Spur des manipulierten Signals aufgefangen – oder zumindest glaubte es. Vielleicht bewegte sich jetzt doch ein Suchtrupp in diese Richtung. *Wer weiß, wie lange unser Ablenkungsmanöver hält*, dachte sie.

Dennoch klappte sie das Handy zu und legte es zur Seite. Einzig Andrei, der noch immer ruhte, regte sich leicht. Sein Gesicht verzog sich im Schlaf zu einer schmerzlichen Grimasse. *Er ahnt nicht, dass es möglicherweise schneller ernst wird, als wir dachten.*

Nevena trat ans Fenster, lauschte in die friedliche Nacht. *So viel Glück an einem Tag – das kann nicht lange halten. Wir müssen wachsam bleiben.*

Und so verging die Nacht, still und schön und doch von einer unsichtbaren Bedrohung umfangen. Niemand wusste, dass nur wenige Kilometer entfernt bereits ein Auto mit gedämpften Scheinwerfern durch die Dunkelheit kroch, angetrieben von einem Befehl: **Finde sie.**

Ein erstes mattes Licht legte sich über die Hügel, als Dragica erwachte. Der Geruch von feuchter Erde und Tau erfüllte die kühle Morgenluft. Im Haus regte sich noch niemand; auch Santiago atmete neben ihr ruhig und tief. Sie brauchte einen Moment, um sich zu erinnern, wo sie waren – in Frankreich, in Nevenas verstecktem Zufluchtsort.

Ein paar Stunden Frieden..., dachte sie benommen. Mit vorsichtigen Schritten schlüpfte sie aus dem Bett, um Santiago nicht zu wecken. Sie streckte ihre Glieder und genoss die Stille, die in den vergangenen Wochen zum seltensten aller Güter geworden war.

Leise zog sie sich an, warf sich eine leichte Jacke über und trat hinaus vor die Tür. Die Morgensonne flutete das Tal und brachte Tautropfen zum Funkeln; ein Bild von beinahe unwirklicher Harmonie. Im Gras sah sie ein paar Fußspuren, die vermutlich von Nevenas Leuten stammten, die hier Nachtwache gehalten hatten.

Dragica ging ein Stück über den Hof, bis sie hinter einer alten Kastanie Nevena entdeckte, die mit ihrem Handy am Ohr leise sprach. Als Nevena sie bemerkte, beendete sie rasch das Gespräch und wandte sich um. Ihre Miene war ernst.

„Guten Morgen", murmelte Dragica. „Oder... vielleicht nicht?"

Nevena seufzte. „Unsere Leute haben Meldungen abgefangen, die darauf hindeuten, dass Sol Invictus verschiedene Routen in Südfrankreich überwacht. Sie wissen vermutlich, dass sie reingelegt wurden, aber noch nicht genau, *wo* wir sind."

Ein Kälteschauer lief Dragica den Rücken hinunter. „Wir sollten also schnell verschwinden."

„Genau. Ich hab das schon mit ein paar unserer Leute besprochen. Ein Transporter steht bereit, um euch in die

Provence zu bringen. Er ist nicht angemeldet und wechselt auf halber Strecke das Kennzeichen. Die Chancen stehen gut, dass ihr durchkommt – vorausgesetzt, ihr bleibt unauffällig."

Dragica nickte knapp. „Was ist mit Andrei? Er kann kaum laufen."

„Er wird hierbleiben, bis er wieder auf den Beinen ist", erklärte Nevena. „Ich habe genug medizinisches Material besorgt. Danach können wir ihn zu euch nachholen."

Die Vorstellung, Andrei zurückzulassen, stach Dragica ins Herz. Er hatte so viel für sie riskiert, war beinahe getötet worden. Aber vernünftigerweise wusste sie, dass er in diesem Zustand keine anstrengende Reise durchstehen würde.

„In Ordnung", sagte sie. „Ich sage es Santiago, sobald er wach ist. Heute brechen wir auf, richtig?"

„Am besten noch vor Mittag. Dann haben wir einen halben Tag Vorsprung, ehe Sol Invictus einen neuen Suchradius absteckt."

Zurück im Haus war die Stimmung gedrückt, als alle vom anstehenden Aufbruch erfuhren. Andrei lag auf seiner Matratze, halb aufrecht, während Dragica und Santiago um ihn herumstanden. Seine Wangen waren eingefallen, und eine Schweißperle rann seine Stirn herab.

„Tut mir leid, dass ich euch nicht begleiten kann", sagte er leise. „Aber Nevena hat recht, ich schaffe es noch nicht."

Santiago hockte sich hin, legte eine Hand auf Andres unverletzte Schulter. „Wir schulden dir alles, Andrei. Ohne dich wären wir tot. Erhol dich – wir warten in der Provence auf dich."

Andrei versuchte zu lächeln, was eher ein gequältes Zucken wurde. „Passt auf, dass Costa euch nicht wieder in die Enge treibt. Sie hat noch ein paar Asse im Ärmel, da bin ich mir sicher."

Dragica beugte sich vor und tippte ihm sacht gegen die Wange. „Du konzentrierst dich jetzt aufs Gesundwerden, klar? Dann sehen wir uns hoffentlich bald wieder – lebendig und mit einem Plan, wie wir Sol Invictus endlich Einhalt gebieten."

Andrei brachte nur ein knappes Nicken zustande. Seine Augen waren fiebrig, doch in ihnen loderte unverändert dieser Funke Entschlossenheit.

Draußen vor dem Haus hatten sich ein paar Leute versammelt, allesamt Verbündete Nevenas. Einer von ihnen, ein stämmiger Franzose namens Luc, wies auf einen abgenutzten Kleintransporter mit grauer Lackierung. „Der Wagen hat eine solide Maschine und falsche Kennzeichen. Wir wechseln sie später noch einmal, damit euch keiner nachverfolgen kann."

Nevena trat hinzu. „Ich komme mit euch bis zur nächsten größeren Stadt – dort übergebe ich euch an jemanden, der die weitere Route kennt und euch sicher Richtung Provence bringt. Ich würde euch gern bis ans Ziel begleiten, aber... hier brauche ich jeden Mann. Wir sind eher klein besetzt."

Dragica klopfte ihr kurz auf den Arm. „Wir verstehen. Dir und deinen Leuten sind wir ewig dankbar."

Santiago lud einen Teil der Gerätschaften ein, darunter das provisorische Labor-Set und natürlich den Koffer mit der stabilisierten Formel. Jede Bewegung war von Sorge geleitet: *Was, wenn es bricht?* Aber bisher hatte die Substanz alle Erschütterungen überstanden.

„Dieser Bus ist vielleicht nicht besonders bequem", meinte er halblaut zu Dragica, während er die Taschen verstaute. „Aber Hauptsache, er bringt uns ans Ziel."

Dragica sah dem Treiben zu, das Herz schwer vor Abschied, aber erfüllt von einer stillen Dankbarkeit. *Wenigstens kommt endlich wieder Bewegung in unsere Lage – wir warten nicht nur darauf, entdeckt zu werden.*

Als alles verladen war, hob Nevena die Hand. „Wir fahren. Los, bevor noch jemand merkt, dass hier mehr Autos stehen als sonst in dieser Gegend."

Dragica und Santiago stiegen in den Beifahrersitz, während Luc das Lenkrad übernahm. Nevena setzte sich nach hinten, um die Fracht und die Formel im Auge zu behalten. Der Motor sprang an, brummte tief – der typische Klang eines älteren Fahrzeugs, aber zuverlässig genug.

Andrei, der zur Tür herausgeschlurft war, stützte sich auf einen Krückstock und winkte ihnen nach. Dragica erwiderte den Gruß, ihre Kehle zugeschnürt. *Werd bitte gesund. Wir brauchen dich noch.*

Der Kleintransporter setzte sich in Bewegung, die Kiessteine knirschten unter den Reifen. Dragica warf einen letzten Blick zurück auf das alte Steinhaus, umgeben von Hügeln und rauschenden Bäumen, wo sie zum ersten Mal seit Wochen halbwegs sicher gewesen waren. *Verrückte Welt*, dachte sie. *Nur für ein paar Tage war das unser Zuhause.*

Die Landstraßen zeigten sich idyllisch. Links und rechts Weiden, ab und zu ein Weingut, kleine Dörfer mit steinernen Kirchtürmen. Die Sonne ließ die Felder golden leuchten. Hätte Dragica nicht gewusst, dass irgendwo weit hinter ihnen Sol Invictus existierte, wäre es ein romantischer Roadtrip gewesen.

Santiago starrte aus dem Fenster, die Gedanken weit weg. Ab und an tippten seine Finger unruhig auf den Schoß, als müsse er einen unsichtbaren Takt schlagen.

Nach einer Weile durchbrach Nevena die Stille. „Wir haben gut hundert Kilometer vor uns, bis wir in eine Kleinstadt kommen, in der wir die Kennzeichen tauschen. Sollten wir unterwegs in eine Polizeikontrolle geraten, lasst mich reden. Ich habe Papiere für uns alle."

Dragica nickte. „Glaubst du, Costa ahnt, dass wir uns Richtung Provence absetzen?"

Nevena zuckte mit den Schultern. „Sie weiß vielleicht, dass ihr nach Norden geflohen seid. Aber dank des Senders im falschen LKW sucht sie eher in Richtung Osteuropa. Und solange sich niemand verplappert, haben wir vermutlich Zeit."

Luc, der Fahrer, blickte kurz in den Rückspiegel. „Trotzdem ist Vorsicht geboten. Sol Invictus hat mehr Ressourcen als uns lieb ist."

Die Fahrt dauerte eine ganze Weile, ohne besondere Vorkommnisse. Dragica versuchte, ein wenig zu dösen, wurde aber immer wieder von ihren Gedanken aus dem Halbschlaf gerissen: *Was, wenn Costa längst begriffen*

Kurz vor Mittag erreichten sie tatsächlich eine Kleinstadt, die in den alten Karten nicht mal eingetragen war. Ein paar verfallene Häuser, eine winzige Tankstelle und ein heruntergekommener Parkplatz – gerade genug, um zu glauben, man sei in einer anderen Zeit gelandet.

Luc parkte den Transporter hinter einer verlassenen Scheune. Dann stiegen sie aus und begannen, in geübter Routine die Nummernschilder zu wechseln. Nevena überprüfte die Papiere, die sie in einer Metallkiste aufbewahrte. Alles lief reibungslos. Keine Streife, keine neugierigen Blicke.

„Fühlt sich fast zu leicht an", murmelte Dragica in Santiagos Richtung.

Er warf ihr einen Blick zu, der zugleich erleichtert und misstrauisch wirkte. „Ich will es nicht verschreien, aber wir haben wirklich ein Glück, das wir lange nicht mehr hatten."

Nevena wandte sich an sie. „Wir sollten hier nicht länger bleiben als nötig. Luc und ich fahren dann noch ein Stück mit euch, bis wir euch an Louis übergeben. Er kennt die Provence wie seine Westentasche und weiß, wie man um Kontrollen herumkommt."

Dragica sah sie dankbar an. „Danke, wirklich. Mir fehlt langsam die Energie, jeden Tag nur zu rennen."

Nevena klopfte ihr kurz auf die Schulter. „Halte durch. Vielleicht habt ihr im nächsten Versteck mal Zeit für euch, um nicht nur das Nötigste zu tun."

Santiago sammelte schnell noch ein paar Decken und Vorräte aus dem Kofferraum. Auf dem Beifahrersitz lagen die wertvollsten Dinge: der Behälter mit der Formel und seine Aufzeichnungen. *Nicht mehr verlieren, nicht mehr riskieren...*, hallte es in seinem Kopf.

Gerade als sie zum Aufbruch bereit waren, klingelte Nevenas Handy. Sie runzelte die Stirn, drückte auf Annehmen.

„Nevena hier...“ Ihr Tonfall wechselte rasch von neutral zu angespannt. „Was? Wo? Nein, das kann nicht sein...“

Dragica tauschte einen alarmierten Blick mit Santiago. Auch Luc wirkte plötzlich unruhig und nahm die Hand vom Schraubenschlüssel, mit dem er das Kennzeichen befestigt hatte.

Nevena legte schließlich auf. Ihr Gesicht war grimmig. „Angeblich hat eine unserer Wachen im französisch-spanischen Grenzgebiet einen Helikopter von Sol Invictus gesichtet. Sie fliegen Patrouillen – weiter nördlich, aber wir wissen nicht genau, wie weit ihr Gebiet reicht.“

Ein Druck machte sich in Dragicas Brust breit. *Also doch. Sie rücken näher.*

„Heißt das, wir müssen noch weiter ausweichen?“ fragte sie.

Nevena nickte, immer noch sichtlich verärgert über die Nachricht. „Eventuell. Ich kann nicht riskieren, dass sie uns bei einem der Kontrollpunkte abfangen. Wir nehmen eine andere Route, weiter östlich, durch die Berge. Das ist zwar länger, aber sicherer, hoffe ich.“

Eile trieb sie jetzt an. Kaum waren die Schilder getauscht, stiegen alle rasch wieder ein. Diesmal saß Nevena selbst am Steuer, während Luc sich auf die Rückbank zu Santiago und den Kisten verzog.

„Schnallt euch an", sagte Nevena knapp. „Wir haben einen langen Weg vor uns."

Der Wagen tuckerte anfangs noch durch kleine Ortschaften, doch schon bald schoben sich steile Hügel ins Blickfeld. Der Himmel zog sich leicht zu, als hätte sich das Wetter plötzlich entschieden, die romantische Kulisse zu trüben.

Dragica atmete tief durch und ließ sich gegen den Sitz sinken. *Vielleicht ist das alles noch immer Glück, nur eben auf wackeligen Beinen.*

Santiago hielt derweil den Koffer mit der Formel auf dem Schoß, damit sie nicht durch die ganzen Schlaglöcher erschüttert wurde. Er sah angespannt aus, doch in seinen Augen lag eine gewisse Entschlossenheit.

Ab und an traf sich ihr Blick, und jedes Mal huschte ein winziges Lächeln über ihre Gesichter. Ein stiller Austausch: *Wir sind noch hier. Noch zusammen. Und wir werden weiterkämpfen.*

Nevena trat aufs Gas, bog auf eine schmale Bergstraße ab, die kaum befahren war. Die Kurven ließen den Wagen schaukeln, aber niemand klagte. Sie alle wussten: Solange sie nicht in die Hände von Sol Invictus gerieten, war alles gut.

Noch war da ein Funke Hoffnung inmitten der drohenden Gefahr, ein Leuchten in den Augen jener, die

bereit waren, ihre Freiheit und das Schicksal der Welt
nicht preiszugeben.

Kapitel 15

–

Zwischen Bergpfaden und Schattenspielen

Der Transporter röhrte durch die engen Serpentinen, die sich an den Hängen der französischen Berge entlangschlängelten. Bäume und Felsen zogen dicht vorbei, als könnte eine unbedachte Bewegung sie direkt in den Abgrund stürzen lassen. Doch Nevena blieb konzentriert, hielt das Lenkrad mit ruhigen Händen umklammert.

Dragica spürte den Druck in ihren Ohren, je höher sie fuhren. In den letzten Minuten hatte niemand ein Wort gesprochen – als ob sie alle ahnten, dass jede Silbe an Konzentration fehl am Platz wäre. Hinter ihnen im Laderaum saß Santiago mit Luc und ein paar Kisten, in denen sich die überlebenswichtige Formel und Laborausrüstung befand.

Durch die dünn verglasten Scheiben drang der Duft nasser Kiefernnadeln, und draußen kreisten Raubvögel hoch am Himmel. *Ein trügerisches Idyll*, dachte Dragica. Wäre da nicht die wachsende Ahnung, dass Sol Invictus jeden Moment aus dem Nichts auftauchen könnte.

Endlich erreichten sie eine Art Hochplateau, wo die Bergstraße sich für einen Augenblick etwas begradigte. Nevena ließ den Wagen ausrollen, um dem Motor eine

Pause zu gönnen, und öffnete das Fenster. Kalte Luft strömte herein und vertrieb die stickige Hitze.

„Wir haben den schwierigsten Teil noch vor uns", sagte sie mit rauer Stimme. „Die nächsten zwei Stunden sind kaum befahren. Eine Panne oder ein Unfall, und wir sitzen fest wie auf dem Präsentierteller."

Dragica nickte nur und hielt Ausschau durch die Seitenscheibe. Unten im Tal glitt ein Fluss wie ein silbernes Band dahin, und in der Ferne ragten weitere Gebirgsketten. *Gut, dass wir oben sind. Hier kommen sie nicht so leicht mit einem Helikopter herunter – zu viele Felsen.*

Gerade, als sie weiterfahren wollten, vibrierte Nevenas Handy auf dem Armaturenbrett. Sie runzelte die Stirn, schnappte es sich und las eine kurze Nachricht.

„Scheiße", stieß sie hervor.

Dragica spürte, wie ihr Magen sich zusammenzog. „Was ist passiert?"

Nevena gab das Gerät kurz an sie weiter. Auf dem Display stand eine karge Nachricht in Französisch:

„Costa-Söldner nahe Val d'Arques gesichtet. Möglicherweise auf Spuren von L. Unklare Bewaffnung."

Dragica kannte das Gebiet nicht, doch sie ahnte, dass es in ihrer Nähe lag. „Costa schickt Söldner? Das heißt, sie hat genug von leisen Operationen."

Nevena nickte finster. „Wenn sie wirklich Söldner im Einsatz hat, ist das keine Routine-Verfolgung mehr. Dann will sie ein schnelles Ende – ohne Rücksicht auf Verluste."

Ohne weiter zu zögern, startete sie den Wagen erneut und fuhr an. Luc, der in der hinteren Sitzreihe zugehört hatte, beugte sich vor. „Val d'Arques ist knapp 40 Kilometer südöstlich von uns. Aber wenn sie auf ein Ziel zusteuern, könnten sie uns den Weg abschneiden."

Santiago, der ebenfalls die Nachricht mitlas, wirkte blass. „Wir müssen sie austricksen. Irgendwo abbiegen, den Kurs wechseln ... wir dürfen nicht in ihre Arme fahren."

„Das ist leichter gesagt als getan", meinte Nevena grimmig. „Hier oben gibt es kaum Seitenstraßen. Nur Schotterwege und Waldpfade, die meist in Sackgassen enden."

Dragica ballte ihre Fäuste. *Kaum zu glauben, dass wir schon wieder in der Falle stecken.* Aber sie wusste, dass Panik nichts nützen würde. „Fahr vorerst weiter. Vielleicht tut sich ein Abzweig auf, den wir nutzen können."

Sie setzten den Weg fort, hinein in die rauere Zone der Berge, wo sich dichter Wald und Felsklippen abwechselten. Ein Schild wies auf einen kurvigen Abstieg hin, doch Nevena ließ den Transporter auf einem kleinen Platz anhalten, der vor einem alten Wanderweg lag.

„Ich sehe auf der Karte eine Forststraße, die hier abzweigt", sagte sie, während sie eine zerknitterte Landkarte entfaltete. „Die ist nicht asphaltiert, aber wenn wir da durchkommen, könnten wir weiter nördlich ins Tal gelangen, wo kaum jemand nach uns suchen würde."

Luc pfiff durch die Zähne. „Mit dem Transporter auf einer Forststraße? Wir riskieren eine Panne."

„Lieber das, als frontal in einen Hinterhalt zu rauschen", warf Dragica ein.

Santiago nickte zögernd. „Wir haben keine Zeit, lange zu überlegen. Entweder Forststraße oder hoffen, dass Sol Invictus uns nicht abpasst."

Nevena überlegte nur einen Augenblick, dann klappte sie die Karte zusammen. „Los. Wir probieren' s. Wenn wir steckenbleiben, suchen wir Plan B."

Die Forststraße entpuppte sich als unbefestigter, unebener Weg, der sich durch ein schattiges Waldstück zog. Die Bäume standen eng, warfen lange, gespenstische Schatten auf den Boden. Nevena steuerte den Transporter im Schritttempo, um nicht in eines der fiesen Schlaglöcher zu rutschen.

Die Räder knirschten auf Kies und schlammigen Pfützen, der Wagen schwankte bedenklich. Mehrmals schliff der Unterboden an steinigen Stellen. Doch sie kamen voran – langsam, aber stetig.

Nach einer endlos erscheinenden halben Stunde lichtete sich der Wald etwas. Sie passierten eine alte Jagdhütte, halb verfallen, von Brombeerhecken umrankt. Niemand war zu sehen, nur die Stille des Waldes, durchzogen vom Rauschen des Windes.

„Sind wir noch in Richtung Norden unterwegs?", fragte Santiago, der sich an einem Gurt festhielt, damit er nicht durch den Laderaum geschleudert wurde.

Nevena nickte, den Blick auf die Spur. „Mehr oder weniger. In ein paar Kilometern sollte ein Bach kommen, da verläuft ein Wirtschaftsweg. Hoffentlich führt er uns irgendwann zurück auf eine Bergstraße."

Luc hockte inzwischen neben Santiago, behielt die Ausrüstung im Auge, die von den vielen Unebenheiten durchgeschüttelt wurde. „Formel noch heil?"

Santiago drehte sich kurz um, nahm den Behälter in die Hände und prüfte das kleine Display, das Temperatur und Druck anzeigte. „Alles stabil – noch."

Dragica war erleichtert, dass zumindest diese Sorge vorerst gering war. *Solange das Zeug nicht ausläuft oder explodiert ...*

Nach einer weiteren Kurve entdeckten sie etwas Unerwartetes: Am Rand des Waldwegs stand ein verlassener Geländewagen, offenkundig liegengeblieben. Die Motorhaube war eingebeult, zwei Reifen schlaff. Auf den ersten Blick keine Menschen in der Nähe.

„Was zum Teufel ...?", murmelte Nevena. Sie hielt an und ließ den Motor laufen, während Dragica durch die Windschutzscheibe spähte.

Luc löste seinen Gurt. „Soll ich mal nachsehen?"

Dragica legte ihm eine Hand auf den Arm. „Vorsichtig. Es könnte eine Falle sein – oder..." Sie ließ den Satz unvollendet, wusste, wie Sol-Invictus-Söldner gern Hinterhalte inszenierten.

Trotzdem stieg Luc aus. Er ging in die Hocke, die Waffe im Anschlag, und pirschte sich an das Fahrzeug heran. Nach einer halben Minute gab er ein Handzeichen. „Leer! Niemand da."

Nevena atmete aus. „Merkwürdig. Vielleicht ein Touristenwagen, der hier verunglückt ist?"

„Unwahrscheinlich, so tief im Wald, ohne einen Anruf nach Hilfe", sagte Dragica skeptisch.

Santiago schob sich zum Fenster, versuchte mehr zu erkennen. Auf dem Kotflügel bemerkte er einen dunklen Abdruck – ein Symbol, halb zerkratzt. *Könnte das ein Logo sein?*

Plötzlich riss Luc die Fahrertür des Geländewagens auf und beugte sich hinein. Er blieb kurz stehen, zog etwas heraus – ein Metallkoffer, etwa so groß wie eine Aktentasche.

Er kam damit zum Transporter zurück, auf seinem Gesicht lag ein Ausdruck aus Verwirrung und Anspannung. „Das lag auf dem Beifahrersitz. Ziemlich robust. Kein Schloss, aber versiegelt. Ich hab das Gefühl, es gehört nicht zu normalen Wanderern ..."

Dragica stieg aus, um sich den Koffer anzusehen. „Und wenn das Sprengstoff ist oder ein Peilsender?"

„Oder irgendwelche Unterlagen von Sol Invictus", ergänzte Nevena.

Luc klopfte vorsichtig an den Metallkoffer. „Er ist ziemlich schwer, fühlt sich an wie ... Technik? Festplatten?"

Eine Idee kam Dragica. „Könnte sein, dass hier bereits ein Vortrupp war, dem was schiefging. Vielleicht sind das Daten, die ihnen entwendet wurden. Oder sie haben sich gegenseitig bekämpft."

Santiago trat neben sie. „Vorsichtig, Dragica. Wenn das eine Falle ist, sollten wir's lieber liegenlassen."

Aber Dragicas Neugier war geweckt. *Was, wenn da Informationen drin sind, die uns gegen Costa helfen?* Ein innerer Konflikt loderte in ihr. Einerseits konnte dieses Fundstück Gold wert sein, andererseits riskierte sie, alles zu gefährden.

„Wir haben keine Zeit, das hier aufzubrechen oder zu untersuchen", sagte Nevena knapp. „Das Risiko ist zu groß, wir müssen weiter."

Dragica nickte zögernd. „Okay. Lass uns weiterfahren. Den Koffer lassen wir hier."

Doch als sie sich abwandten, keimte eine Unruhe in ihrem Bauch. *Warum fühlt es sich falsch an, den Koffer zurückzulassen?*

Santiago packte die Gelegenheit beim Schopf, griff nach dem Metallkoffer und wuchtete ihn hastig in den hinteren Teil des Transporters, ehe Nevena protestieren konnte.

„He, was soll das?", rief sie.

„Du hast gesagt, wir haben keine Zeit, ihn jetzt zu untersuchen", erklärte er atemlos. „Also nehmen wir ihn mit und schauen später. Vielleicht beinhaltet er Infos, die uns helfen. Wenn er eine Falle ist, haben wir wenigstens die Chance, sie unter Kontrolle zu halten und rechtzeitig zu entsorgen."

Dragica war überrascht. Normalerweise war sie diejenige, die mehr Risiko einging, während Santiago eher vorsichtig agierte. Aber dieses Mal nahm er die Initiative.

Nevena presste die Lippen aufeinander, wirkte unzufrieden, doch dann zuckte sie mit den Schultern. „Wenn das Ding hochgeht, seid ihr die Ersten, die es abbekommen. Los, einsteigen!"

Luc warf Santiago einen unsicheren Blick zu, sagte aber nichts. Sie stiegen wieder in den Wagen, und Nevena startete den Motor. *Das war mutig – vielleicht zu mutig,* dachte Dragica. Aber insgeheim hoffte auch sie, dass der Koffer eine wertvolle Spur enthielt.

Schon nach wenigen Minuten tauchte am Wegesrand eine helle Stelle auf, wo die Bäume sich zurückzogen und einen steinigen Platz freigaben. Dort plätscherte ein Bach, über den eine kleine Brücke aus Brettern führte.

Nevena drosselte das Tempo und versuchte, die Brücke zu überqueren. Die Bretter bogen sich, knackten bedenklich – doch der Transporter schaffte es ans andere Ufer. Dahinter mündete der Forstweg wieder in eine schmale Asphaltstraße, die den Berg hinabführte.

Alle atmeten auf. *Die halbe Miete,* dachte Dragica. Wieder Asphalt – das bedeutete weniger Risiko, stecken zu bleiben, und eine schnellere Flucht.

„Gut gemacht", lobte Luc Nevena. „Jetzt sind wir wieder auf Kurs nach Norden. Wenn uns niemand stoppt, erreichen wir den Übergabepunkt in zwei Stunden."

Ein kurzer Augenblick der Zuversicht durchflutete die kleine Gruppe. Vielleicht war all das Bemühen, diese spontane Routenänderung, erfolgreich gewesen. *Viel Glück in letzter Zeit,* dachte Dragica, während sie die Waldlandschaft hinter sich ließen.

Doch inmitten der Erleichterung spürte sie ein leises Pochen in ihrer Brust. *Zuviel Glück. Wir kennen das Spiel bereits.* Kaum stahl sich dieser Gedanke in ihr Bewusstsein, vernahm sie von fern einen dunklen Klang – das unverkennbare Dröhnen eines Hubschraubers.

„Hört ihr das?", fragte sie angespannt.

Nevena warf einen Blick durchs Fenster. „Verdammt. Vielleicht nur ein Rettungshubschrauber? Oder ..."

Doch sie mussten sich nichts vormachen. Gerade in dieser Gegend war die Wahrscheinlichkeit hoch, dass es ein Suchhubschrauber von Sol Invictus war. *Sie haben uns so nah gesucht? Oder sind sie rein zufällig in diesem Gebiet?*

Santiago packte Dragicas Schulter, und in seinen Augen las sie dieselbe Furcht. *Wir sind so knapp vorm Durchbruch – bitte nicht jetzt!*

Nevena trat aufs Gas. Der Motor brüllte auf, die Straße fiel etwas ab, sodass sie Fahrt gewinnen konnten. Hinter ihnen ragten die Bergkuppen auf, und oberhalb in der Ferne brummte der Helikopter, der jedoch noch nicht sichtbar war.

Luc schnappte sich ein Fernglas, drückte sein Gesicht an die hintere Scheibe. „Ich sehe nichts. Keine Spur von einem Heli über uns. Aber das heißt nicht, dass er nicht jeden Moment auftaucht."

„Sollen wir die Lichter ausschalten?", fragte Dragica, die schon einige Verfolgungsjagden erlebt hatte.

Nevena schüttelte den Kopf. „Bringt bei Tag nichts. Wir müssen einfach so schnell wie möglich runter von dieser Bergstrecke. Später können wir in kleinere Straßen abbiegen."

Die Stimmung im Wagen war geladen. Jede Sekunde rechneten sie damit, dass der Helikopter über ihnen auftauchte – und mit ihm möglicherweise ein Trupp Söldner, die sich auf das Fahrzeug stürzen würden wie Geier auf Aas.

Doch stattdessen flogen die Minuten dahin, ohne dass sie verfolgt zu werden schienen. Das Grollen des Hubschraubers verklang, als wäre er in einer anderen Richtung weitergeflogen. *Oder sie haben gar nicht nach uns gesucht?* fragte sich Dragica.

„Los, weiter", presste Nevena hervor und kämpfte mit jeder Serpentine, „bevor sich das Blatt wieder wendet."

Nach einer weiteren Dreiviertelstunde hatten sie die Berge größtenteils hinter sich gelassen. Die Luft wurde wärmer, die Landschaft flacher. Vor ihnen erstreckte sich ein weites Tal mit Feldern und Olivenhainen. Ein Schild kündigte an, dass der nächste Ort in 15 Kilometern lag.

„Dort treffen wir Louis, oder?", fragte Luc.

Nevena nickte knapp. „Ja. Hoffen wir, dass alles reibungslos läuft. Danach bin ich raus – ich muss zurück zu unserer Zelle."

Sie klappte ihren klapprigen Atlas auf und zeigte auf eine unscheinbare Markierung. „Dort im Dorf bei einer alten Tankstelle ist der Treffpunkt. Louis wird ein Fahrzeug für euch bereithalten, dass ihr ohne Aufsehen weiterfahren könnt."

Ein seltsames Hochgefühl erfasste Dragica: *Wirklich? Wir kommen durch?* Nach so vielen Rückschlägen, Kämpfen, Schüssen, toten Wachen und waghalsigen Fluchten fiel es ihr schwer zu glauben, dass sie nun fast sicher sein sollten. Aber die Stimme der Vernunft in ihrem Kopf warnte: *Schau nicht weg, bis du da bist.*

Santiago saß immer noch hinter ihr, den Behälter im Arm. Das Klappern der Glasröhrchen in den Kisten war fast beruhigend geworden, ein vertrautes Geräusch im Sturm ihres Lebens. Sie wandte sich kurz zu ihm um und fand seinen Blick. Er schenkte ihr ein angedeutetes Lächeln – *Wir haben es fast geschafft.*

So raste der Transporter weiter in Richtung Tal, zwischen endlosen Reihen von Pinien und Olivenbäumen. Die Sonne hatte längst den Zenit überschritten, stand aber noch warm am Himmel. Ein friedliches Bild, als hätte das Schicksal beschlossen, ihnen für diesen Moment doch eine Gnadenfrist zu gewähren.

Noch wusste niemand, dass der Koffer, den sie aus dem Wald geborgen hatten, das Potential hatte, das Blatt im Kampf gegen Costa für immer zu verändern – in welche Richtung, würde sich erst zeigen, wenn sie ihn öffneten.

Kapitel 16

–

Ein geheimer Tausch

Das kleine Dorf, das sich vor ihnen auftat, wirkte auf den ersten Blick verschlafen: Ein paar sonnengebleichte Häuser, die aneinander kauerten; vor einer Bar saß ein alter Mann und rauchte, und auf dem winzigen Hauptplatz plätscherte ein verwitterter Springbrunnen. Der Geruch von Pinienharz und Staub lag in der warmen Luft.

„Bist du sicher, dass das hier der Treffpunkt ist?" fragte Dragica leise, während Nevena den Transporter nahe einer verlassenen Tankstelle parkte. Das Rattern des Motors klang unverhältnismäßig laut in dieser sonnengetränkten Stille.

Nevena zog ein altes Handy aus ihrer Jackentasche und tippte eine kurze Nachricht ein. „Ganz sicher. Louis hat geschrieben, er sei in der Nähe. Wir sollten nur nicht zu auffällig herumstehen. Bleibt alle im Wagen, bis ich ein Zeichen gebe."

Dragica und Santiago tauschten einen schnellen Blick. *Nicht zu auffällig* war gut – dabei sah ihr alter Transporter selbst wie ein Wanderzirkus aus, mit den ganzen Kratzern und dem ungewaschenen Lack. Aber es blieb ihnen keine Wahl.

Keine fünf Minuten später hörten sie schlurfende Schritte über den Kiesweg hinter der alten Tankstelle. Dragica spannte sich an, griff nach ihrer Waffe. Doch das Herzklopfen ebbte etwas ab, als sie durch die schmutzige Scheibe hindurch einen grauhaarigen Mann erblickte, der eine Lederjacke und einen zerbeulten Hut trug. Seine Hände waren deutlich sichtbar, keine Waffe – zumindest nicht offen.

„Das ist er", raunte Nevena. Sie stieg aus und gab dem Mann ein kurzes Handzeichen.

Dragica rutschte näher ans Fenster, um das Gespräch zu verfolgen. Der Mann mit dem Hut – Louis, offenbar – sprach ein schnelles Französisch, das für Dragica nur zur Hälfte verständlich war. Doch sie verstand genug, um zu wissen: Er hatte ein Auto, weiter hinten im Dorf versteckt, und gefälschte Papiere waren auch organisiert.

Plötzlich legte Louis den Kopf schief, schob die Hutkrempe hoch und sah in Richtung des Transporters. Seine Augen fixierten kurz Dragicas Scheibe, dann nickte er zu Nevena.
Er mustert uns – ob er uns trauen kann?

Nach ein paar weiteren Sätzen kam Nevena zum Wagen zurück. „Er sagt, wir sollen die Sachen umladen. Dann fahre ich mit Luc und diesem Transporter zurück Richtung Berge. Louis bringt euch in einem anderen Wagen nach Avignon. Das ist der sicherste Weg."

„Klingt gut", sagte Santiago, der sich erhob und den Koffer mit der Formel an sich nahm. Sein Gesicht zeigte zugleich Erleichterung und Besorgnis: *Ein weiterer kritischer Moment. Beim Umladen sind wir verletzlich.*

Während Nevena und Louis ein paar Worte wechselten, stiegen Dragica und Santiago vorsichtig aus. Luc reichte ihnen nacheinander die Kisten und das Labor-

Equipment. Dabei kam auch der mysteriöse Metallkoffer zum Vorschein, der aus dem Wald stammte.

„Vorsicht mit dem Teil", warnte Luc, als er es übergab. „Ihr habt noch nicht rausgefunden, was drin ist, oder?"

Santiago schüttelte den Kopf. „Keine Zeit gehabt. Wir wollten irgendwo sicher ankommen, bevor wir dranrumfummeln." Er bemerkte Dragicas Blick, sah die Neugier in ihren Augen. *Auch sie würde es am liebsten sofort öffnen.*

Louis nahm das übrige Gepäck entgegen und verlud alles in den Kofferraum eines unscheinbaren, mattsilbernen Kombis, der in einer Seitenstraße versteckt gewesen war. Der Wagen sah viel gepflegter aus als der verbeulte Transporter. *Vielleicht haben wir damit bessere Chancen, unentdeckt zu bleiben*, dachte Dragica.

„Passt alles?" fragte Nevena, als sie den letzten Beutel ins Auto hievten.

Dragica nickte, klopfte auf den Kofferraumdeckel. „Ich hoffe, es reicht, bis wir Avignon erreichen."

Louis trat hinzu, musterte Santiago und Dragica schweigend. Dann sprach er in gebrochenem Englisch: „No worry. I drive you safe. No problem."

Nevena legte eine Hand auf Dragicas Schulter. „Das ist jetzt euer bestmöglicher Weg. Ich kann euch nicht begleiten, aber Louis kennt hier jede Gasse. Sobald ihr bei seinem Kontakt in Avignon seid, wird alles Weitere leichter gehen."

„Danke", sagte Dragica, spürte bei dieser Geste eine tiefe Dankbarkeit. „Dein Einsatz... ohne euch wären wir längst verloren."

Nevena schmunzelte. „Andrei meinte, ihr seid es wert. Lasst uns hoffen, dass er sich nicht getäuscht hat."

Noch einmal umarmten sie sich rasch, dann zog Nevena die Fahrertür vom Transporter auf. Luc stieg bereits auf die Beifahrerseite. „Passt auf euch auf", sagte er. „Wenn irgendwas schiefläuft, wir sind nur einen Anruf entfernt."

Mit einem tiefen Brummen setzte sich der Transporter in Bewegung und fuhr zurück Richtung Berge. Dragica und Santiago blieben mit Louis zurück, umgeben von hitzeflirrenden Straßen und dem Rascheln von Zikaden.

„Let's go", sagte Louis knapp, und sie stiegen in den silbernen Kombi. Santiago sicherte hinten die Kisten und setzte sich dann neben Dragica auf die Rückbank. Der Metallkoffer aus dem Wald lag ganz hinten, festgezurrt.

Mit einem leisen Ächzen rollte der Kombi vom Hof der alten Tankstelle. *Ein neuer Fahrer, neue Papiere, ein weiterer Sprung ins Ungewisse*, dachte Dragica. Sie war müde. *Aber vielleicht bedeutet jeder Kilometer mehr Sicherheit.*

Während sie das Dorf verließen, tauchte eine endlos scheinende Landstraße vor ihnen auf, gesäumt von Olivenbäumen und niedrigen Steinmauern. Die Sonne stand hoch, verschleierte die Sicht am Horizont.

Louis fuhr routiniert, ohne Hast. Er sprach kaum, nur ab und zu murmelte er etwas vor sich hin, wenn die Straße schlecht war oder ein anderes Fahrzeug entgegenkam.

Sein Handy hielt er auf dem Armaturenbrett, offenbar in ständiger Alarmbereitschaft.

Auf der Rückbank lehnte sich Santiago an Dragica. Sie spürte, wie angespannt sein Körper war, und legte ihm eine Hand auf den Oberschenkel. *Ein kleines Zeichen, dass wir zusammenhalten*, sagte ihr Blick. Er nickte stumm.

Nach einer Weile lockerte sich die Starrheit in Dragicas Muskeln. Es passierte nichts. Keine Polizisten, keine Straßensperren, kein Hubschrauber über ihnen. Sie hatte beinahe vergessen, wie es sich anfühlte, *nicht* gehetzt zu werden – zumindest für den Augenblick.

Santiago zog kurz den Metallbehälter mit der grünen Flüssigkeit zu sich und prüfte die Anzeigen. „Temperatur stabil, Druck stabil... Perfekt."

Dragica zwang sich zu einem Lächeln. „Das ist wahrscheinlich die beste Nachricht seit Tagen."

Aus dem Augenwinkel sah sie, wie Louis unauffällig in den Rückspiegel spähte. Er wirkte angespannt, aber nicht panisch. Mit knappen Worten meinte er: „Everything okay for now. No trouble. We have to pass a small checkpoint before Avignon, but it's easy. Tourist city, many people."

Dragica zog die Luft scharf ein. *Ein Checkpoint?* Sie dachte sofort an gefälschte Papiere und mögliche Listen, in denen Sol Invictus` Agenten bereits nach ihnen fahnden könnten. Doch Louis klang gelassen. *Am Ende müssen wir ihm einfach vertrauen.*

Die Sonne begann allmählich zu sinken, malte goldene Strahlen über die kargen Felder. Am Horizont tauchte ein kleiner Hügel auf, bekrönt von Zypressen. *Postkartenidylle*, fuhr es Dragica durch den Kopf, doch ihr Magen krampfte sich zusammen: *Zu ruhig, zu schön.*

Plötzlich ertönte ein eigenartiges Scheppern und Knirschen aus dem Motorraum. Louis fluchte, nahm den Fuß vom Gas. Der Kombi verlor an Tempo.

„Que diable…", murmelte er, schlug auf das Lenkrad.

„Was ist los?" fragte Santiago, der beinahe nach vorn stolperte, als das Auto abrupt langsamer wurde.

Louis fuhr rechts ran. „Motor trouble, maybe. Let me check."

Dragica spürte ihre Nerven zucken. *Jetzt bitte nicht auch noch eine Panne!* Sie sah sich sofort um, suchte die Umgebung nach potenziellen Verfolgern ab. Nichts zu sehen außer ausgedörrten Feldern.

Louis stieg aus, öffnete die Haube, und ein Schwall heißer Luft quoll hervor. Er verschwand halb im Motorraum, brummte etwas, das nicht sehr ermutigend klang.

Santiago und Dragica wechselten einen gequälten Blick. *Wie viel Pech kann man haben?*

Nach endlosem Gefummel kam Louis zurück, die Stirn in Falten. „Radiator leak. Overheats. Need water and maybe some fix. We can't drive far like this."

„Müssen wir warten?" fragte Dragica, ihre Stimme drückte die Panik kaum nieder.

„Let me see if there's a farm or something around…" Louis griff zum Handy, doch das Display zeigte keinen Empfang. Er trat fluchend gegen einen Reifen.

Sie stiegen alle aus, die Hitze schlug ihnen entgegen, während die Zikaden ohrenbetäubend sirrten. Der Wind hatte nachgelassen, die Luft schien zu stehen. *Nicht gerade das Szenario, das man sich wünscht*, dachte Dragica.

Santiago blickte über die Felder, die bis zu einer Baumreihe reichten. „Da hinten könnte ein Haus stehen. Zumindest sehe ich etwas, das wie ein Dach aussieht."

Louis kniff die Augen zusammen, folgte Santiagos Blick. „Yes, maybe. I go check. Or we all go?"

Dragica spürte wieder dieses latente Bedrohungsgefühl. „Besser zu dritt gehen? Falls wir uns aufteilen, sind wir verwundbar."

Louis zuckte die Schultern, stimmte zu. Er schloss den Wagen ab, ließ aber die Fenster leicht offen, damit es drinnen nicht unerträglich heiß wurde. Die wertvollsten Sachen – den Behälter mit der Formel und das mysteriöse Metallköfferchen – nahmen sie mit.

So stapften sie zu dritt über das karge Feld, immer auf das vermeintliche Dach zu, das hinter einer Baumgruppe hervorlugte. Die Sonne brannte, jeder Schritt wirbelte Staub auf.

Als sie näherkamen, erkannte Dragica, dass es sich um eine halbverfallene Scheune handelte, an die ein kleines Haus grenzte. Kein Rauch aus dem Kamin, keine parkenden Fahrzeuge, keine sichtbare Menschenseele.

„Möglicherweise nur eine Ruine", sagte sie.

Dennoch klopfte Louis an die brüchige Holztür. Keine Antwort. Er drückte sie auf. Das Innere roch nach altem

Stroh und Moder. Es gab keine Möbel, nur ein paar rostige Werkzeuge in einer Ecke.

„Looks abandoned", stellte Louis fest.

Santiago umrundete die Hütte, spähte in ein kaputtes Fenster. „Wenn wir Glück haben, finden wir hier zumindest Wasser, um den Kühler zu füllen. Oder Werkzeug."

Dragica folgte ihm, das Herz klopfend. *Ein unheimliches Gefühl, diese Stille.* Sie versuchte, auf jedes Knacken unter ihren Füßen zu achten. *Besser, wir bleiben wachsam.*

Sie betraten die Scheune durch ein offenes Tor, in das scheinbar ein Sturm große Teile der Bretter gerissen hatte. Innen tanzten Staubkörner im schrägen Sonnenlicht. Die Mauern waren rissig, und in einer Ecke war wohl mal ein Stall gewesen.

Louis durchsuchte die Räume nach irgendetwas Nützlichem: Eimer, Kanister, vielleicht ein Brunnen. Santiago stellte den Laborbehälter und das Metallköfferchen fürs Erste auf einen alten Heuballen ab, um die Hände frei zu haben.

„Hey, hier ist noch eine Tür", rief Dragica, als sie an einer Wand eine schmale Pforte entdeckte. Sie lag halb hinter einem umgestürzten Holzbalken verborgen. Mit etwas Kraft gelang es ihr, den Balken zur Seite zu schieben. Dahinter kam eine Art Kellerabgang zum Vorschein.

„Ein Keller in einer Scheune?" fragte Santiago erstaunt.

Louis trat heran, hob skeptisch eine Augenbraue. „Strange. Maybe a wine cellar? Or a storage room."

Dragica zog ihre Taschenlampe hervor, die sie stets bei sich trug. *Man weiß nie, wo man landet.* Langsam, mit pochenden Schläfen, stieg sie die knarzende Holztreppe hinab.

Der Lichtkegel tanzte über feuchte Steinwände. Ein modriger Geruch stieg ihr in die Nase. Nach ein paar Stufen landete sie in einem niedrigen Raum, wo kaputte Fässer herumlagen.

Santiago folgte vorsichtig. „Sieht tatsächlich nach einem alten Weinkeller aus. Vielleicht finden wir hier …"

Er unterbrach sich, als sein Lichtschein auf etwas Metallisches traf: Ein Regal an der Wand – gefüllt mit rostigen Kanistern und Glasgefäßen. *Treffer?*

Dragica trat näher. Einige Kanister waren zerbeult, andere unbeschriftet. *Ob in einem noch Wasser ist?* Sie schüttelte vorsichtig. Es gluckerte.

„Könnte Wasser sein", sagte sie leise, nicht ganz überzeugt. „Riech mal."

Santiago nahm den Deckel ab, schnupperte – zog sofort angewidert die Nase kraus. „Irgendwas Verdorbenes … kein Trinkwasser. Das kippen wir nicht in den Kühler."

Im Hintergrund hörten sie Louis oben, der durchs Haus tappte und rief: „Rien, nothing here. Just trash!"

Enttäuscht setzten Dragica und Santiago die Suche fort. Doch offensichtlich würde dieser Keller kein Retter in der Not sein. *Keine Werkzeuge, kein verlässliches Wasser.*

Ein schemenhaftes Pochen breitete sich in Dragicas Kopf aus. *Wir sind aufgehalten, und das gibt Sol Invictus Zeit, uns einzukreisen.*

Schließlich stiegen sie wieder hinauf, die staubigen Stufen knarrten. Oben angekommen, atmete Dragica einmal tief durch. Sie sah, wie Santiago sich an die Wand lehnte und die Augen schloss. *Er ist am Ende seiner Kräfte, so wie wir alle.*

Sie trat zu ihm, legte eine Hand an sein Gesicht. „Wir müssen weiter. Die Scheune bringt uns nichts ... außer einer Pause, die zu lang dauert."

Santiago öffnete die Augen, sein Blick fokussierte sich auf sie. Einen Moment lang vergaßen sie die drohende Gefahr. Er griff nach ihrer Taille, zog sie an sich. *Eine törichte, flüchtige Nähe, hier an diesem trostlosen Ort – aber sie brauchten diesen Moment.*

Dragica spürte seinen Atem an ihrem Hals, ihre Nasenspitzen berührten sich fast. Ein elektrisierendes Knistern huschte durch ihre Körper, gespeist von all den Ängsten und der Erleichterung, noch am Leben zu sein. Für einen winzigen Herzschlag war da nur ein tiefer Kuss, der sie beide aus Raum und Zeit entriss.

Eine zarte, brennende Hitze durchströmte Dragica. *Ein unpassender, aber unendlich wertvoller Augenblick.*

Doch das Rascheln von Louis' Schritten in der Scheune holte sie zurück. Sie lösten sich voneinander, hielten aber kurz noch die Hände umschlungen, bevor sie sich losrissen.

Louis stand unweit der Scheunentür, schüttelte den Kopf. „Nothing, mes amis. No water, no tools. We must find help elsewhere."

Dragica warf einen Blick auf Santiago, der immer noch eine Hand auf ihre Taille gelegt hatte, als wollte er sie nicht loslassen. „Dann gehen wir. Vielleicht ist in der nächsten Ortschaft jemand, der uns helfen kann."

Sie kehrten zurück in die Haupthalle der Scheune, wo die Kisten und Proben standen. Dragica bückte sich, um den Laborbehälter anzuheben. *Er wiegt immer mehr ... oder bin ich so kraftlos?*

Gerade als Santiago den Metallkoffer vom Heuballen nahm, passierte es: Ein kleiner, unscheinbarer Riss in der Bodenplanke brach unter seinem Fuß ein. Er strauchelte, und der Koffer rutschte ihm aus der Hand, fiel polternd auf den harten Boden.

Ein hässlicher Knall durchhallte die Scheune, und das Schloss des Koffers sprang auf. Die beiden Verschlüsse sprengte es regelrecht davon.

Dragica rang nach Luft, wollte rufen *Vorsicht!*, aber da war es schon passiert. Der Deckel klappte auf – und ein scharfes, fast schon unnatürliches Licht glomm im Inneren.

„Mon Dieu ...", entfuhr es Louis.

Santiago sprang sofort zurück, als befürchte er eine Explosion. Doch nichts explodierte. Stattdessen erlosch das Licht flackernd.

Mit geweiteten Augen starrten sie auf den nun offenen Kofferinhalt. Im matten Sonnenlicht sah man Kabel, kleine Platinen, etwas, das aussah wie eine hochspezialisierte Elektronik – und in der Mitte ein Glaszylinder mit einer bernsteinfarbenen Flüssigkeit, die merkwürdig schimmerte.

Dragica trat näher, das Herz hämmerte in ihrer Brust. *Was zum Teufel ist das?*

Santiago beugte sich heran, streckte vorsichtig eine Hand aus, als würde er ein seltenes Artefakt untersuchen. „Diese Flüssigkeit … erinnert mich an bestimmte Nanotechs, die bei Gen-Experimenten eingesetzt werden."

„Heißt das … das gehört vielleicht Sol Invictus?" fragte Dragica ungläubig.

„Große Chance", flüsterte Santiago. Er fuhr mit dem Finger über die glänzende Platine. „Das ist hochkomplex. Wenn ich raten müsste, würde ich sagen, es ist irgendeine Form von Datenträger oder eine Transfer-Einheit, vielleicht ein Prototyp."

Louis starrte sie an, sichtlich beunruhigt. „We have to go – or they find us here with that thing. Who knows what it does!"

Dragica nickte hastig, riss den Blick von der seltsamen Apparatur los. „Packen wir's wieder ein. Wir haben keine Zeit für eine genaue Analyse."

Eilig stopfte Santiago Kabel und Zylinder zurück in den Koffer, brachte den Deckel notdürftig zum Schließen. Eine der Scharniere war gebrochen, aber er schaffte es, mit einem Rest Kabel zu fixieren.

Kaum hatten sie den Koffer wieder verräumt, schallte von draußen ein tiefes Brummen herüber. Dragica erstarrte, ihr Blick flog zu Louis und Santiago. *Ein Motor? Hier draußen?*

„Schnell! Raus hier, das ist vielleicht nicht unser Freund", zischte Louis.

Sie packten ihre Sachen und rannten zur Scheunentür. Draußen, auf dem Weg, stand tatsächlich ein Jeep in Camouflage-Farben, darin zwei Männer. Beide warfen gerade misstrauische Blicke auf den silbernen Kombi, den Dragica und die anderen abgestellt hatten.

Einer der Männer schien Funkkontakt zu halten, eine Antenne ragte vom Jeep. Sie waren also nicht nur harmlose Wanderer. *Sind das Söldner oder einfach Jäger?*

„Wenn das Costa-Leute sind, sind wir geliefert", keuchte Santiago.

Louis warf sich hinter ein Holzmöbel, das draußen lehnte, und zog eine Pistole. Dragica tat es ihm nach, griff in ihre Jacke. Santiago hingegen klammerte sich an den Metallkoffer.

Es war still – nur die Zikaden, das Flackern der Hitze. Dann stieg einer der Männer aus dem Jeep, sah sich um. Er trug ein Halstuch, eine Sonnenbrille und hatte ein Gewehr umgehängt. Langsam kam er näher.

Noch sehen sie uns nicht. Aber sobald sie die Scheune durchsuchen ...

Dragica spürte, wie ihr Puls hochschnellte. Sie hatte keine Lust auf eine Schießerei in diesem gottverlassenen Nirgendwo. Noch war ungeklärt, wer diese Fremden waren. Doch die Zeit, das herauszufinden, lief ab.

Santiago, wir müssen hier weg ...

Mit aller Kraft rang sie sich zu einer Entscheidung durch, doch in ihrem Kopf stritten sich Flucht und Angriff. *Haben wir eine Chance, unbemerkt in den Kombi zu springen?*

Und in dieser Sekunde wusste sie: *Das Schicksal hat genug gespielt. Jetzt kommt die Stunde der Wahrheit.*

Kapitel 17

-

Ein Lauf gegen die Zeit

Dragica presste sich an die morsche Holzwand der Scheune, die Waffe in der Hand, während ihr Herz hämmerte wie ein Presslufthammer. Draußen, keine zwanzig Schritte entfernt, stand der Jeep im Tarnmuster. Der Mann mit Sonnenbrille bewegte sich vorsichtig auf den silbernen Kombi zu – offenbar wollte er prüfen, wem dieses Fahrzeug gehörte. Sein Begleiter blieb hinter dem Lenkrad, die Motorengeräusche gedämpft.

Aus dem Augenwinkel sah sie Nevena nicht mehr – sie und Luc waren ja längst fort, zusammen mit dem alten Transporter. Nun war hier nur Louis, der flankierend hinter einer umgefallenen Holzkiste Deckung suchte, und Santiago, der sich halb hinter einer Stützbalkenleiste verbarg, den Metallkoffer an der Brust.

Wir haben Sekunden, sagte Dragicas Instinkt. *Warten wir zu lange, entdecken sie uns und eröffnen das Feuer.*

Ein leises Knarzen. Louis wechselte seine Position um ein paar Zentimeter, musterte die Fremden. Mit schnellen Handzeichen deutete er Dragica an, dass sie versuchen könnten, zum Wagen zu gelangen – falls sich eine Ablenkung ergab.

Doch die Männer hatten bereits etwas gemerkt: Der mit dem Halstuch blieb stehen, spähte in Richtung Scheune. *Womöglich hat er unsere Fußabdrücke gesehen, oder den Lärm gehört, als Santiago den Koffer fallen ließ.*

Dragica spürte Santiagos Anspannung, fast so, als teilten sie einen Herzschlag. Er wollte alles andere als kämpfen, doch Flucht schien aussichtslos, solange die Fremden zwischen ihnen und dem Kombi standen.

Vielleicht sind es nur Jäger?, geisterte ein törichter Hoffnungsschimmer durch ihren Kopf. Aber nein – das Gewehr war eindeutig militärischer Art, und der Mann wirkte zu wachsam.

„Lass mich ablenken", flüsterte Louis in gebrochenem Englisch, kaum lauter als ein Hauch. Er reckte den Kopf. „Sobald sie auf mich reagieren, schleicht ihr euch zum Auto."

Dragica schüttelte minimal den Kopf. *Zu riskant.* Doch Louis' Augen hielten ihren Blick fest: *Wir haben keine andere Wahl.*

Mit einer lautlosen Geste gab sie Santiago zu verstehen, dass er sich bereithalten sollte. Dieser schien zu verstehen, nickte tapfer. *Der Koffer... wir müssen ihn retten.*

Noch bevor sie einen Plan fertig ausbuchstabieren konnten, hallte ein Schuss durchs Freie. Ein trockener Knall, und ein Splitter von Holz sprang neben Louis' Deckung ab. Der Schütze war der Beifahrer im Jeep gewesen – offenbar hatte er ein Mündungsfeuer in der Scheune erkannt oder ein Reflex im Fenster gesehen.

„Merde!" keuchte Louis, kauerte sich tiefer.

Der Mann mit Sonnenbrille brüllte irgendwas, unverständlich aus der Distanz, doch die Botschaft war eindeutig: *Kommt raus – oder wir machen euch fertig.*

Ein eisiger Schauer kroch Dragica den Rücken hoch. Sie konnte sich nicht auf einen fairen Schlagabtausch verlassen – Solche Söldner schossen sofort und stellten Fragen später.

Von draußen schwirrte die nächste Kugel in die Holzwand, riss ein faustgroßes Loch ins Gebälk. Splitter flogen, Staub wirbelte auf. Santiago legte die Arme schützend über den Koffer.

„D'accord, mes amis – auf drei", zischte Louis. Er presste den Rücken an die Scheunenwand, die Pistole in der rechten Hand. „Ich zeig mich kurz, gebe ein paar Schüsse ab. Ihr lauft. Verstanden?"

Dragica wollte protestieren. *Das ist Selbstmord!* Doch ihr blieb keine Zeit. Louis hatte sich bereits geduckt in Bewegung gesetzt.

Eine Sekunde später sprang er aus seiner Deckung, umkurvte eine alte Kiste und feuerte zwei Schüsse Richtung Jeep ab. Ungezielt, aber laut genug, um die Aufmerksamkeit auf sich zu ziehen.

Die Reaktion kam prompt: Der Mann mit dem Halstuch brüllte, hechtete hinter den Wagen, während sein Kollege aus dem Jeep heraus das Feuer erwiderte. Kugeln hämmerten in die Scheunenwand, während Louis blitzschnell hinter einem Pfosten Zuflucht suchte.

„Jetzt!" rief Dragica, Adrenalin peitschte durch ihre Adern. Sie hechtete vor, packte Santiagos Arm und zog ihn mit sich. Der Koffer in seinen Händen schien tonnenschwer zu sein, doch sie wussten: *Den lassen wir nicht zurück.*

Mit geduckten Schritten rannten sie quer durch das scharfkantige Heu und das bröcklige Stroh, stürmten zur breiten Toröffnung, die auf den Hof führte. Dort bogen sie scharf rechts ab, außer Sichtweite der beiden Schützen – in der Hoffnung, Louis würde sie weiter beschäftigen.

Eine Kugel peitschte über ihre Köpfe, riss Funken aus dem Boden. Dragica spürte Santiagos flachen Atem. *Nur ein paar Meter noch bis zum Kombi!*

Doch dann, wie aus dem Nichts, tauchte der Mann mit dem Halstuch hinter einer Futterkrippe auf. Er war schneller aus seiner Deckung gekommen, als gedacht. Mit zusammengekniffenen Augen nahm er Dragica und Santiago ins Visier.

Dragicas Herz setzte kurz aus. Sie riss die Pistole hoch, feuerte instinktiv. Ihre Kugel streifte den Mann am Oberarm, er zuckte zusammen und stolperte. Doch sein Gewehr spie Feuer, eine Kugel pfiff in Santiagos Richtung.

„Aah!" stöhnte Santiago, spürte ein Stechen an der Schulter, taumelte nach vorn. Sein Griff um den Koffer lockerte sich – im allerletzten Moment fing Dragica ihn ab, schlang einen Arm um seine Hüfte, um ihn aufrecht zu halten.

„Komm, wir müssen weiter!" rief sie verzweifelt, die Hände zittrig vor Schock.

Irgendwie schafften sie es, den Mann mit dem Halstuch erneut in Deckung zu zwingen. Dragica schoss blind um eine Ecke, während sie Santiago zum Auto schleifte. Mit einer Hand hielt sie die Waffe, mit der anderen seinen Arm.

Endlich erreichten sie den silbernen Kombi. Dragica zerrte die hintere Tür auf, rutschte mit Santiago halb hinein. Sein Gesicht war schmerzverzerrt, aber er hielt noch immer den Koffer fest.

„Steig ein, steig ein!", schrie sie, während sie selbst auf dem Beifahrersitz landete und sich nach vorn drehte. *Wo ist der Autoschlüssel?*

Zum Glück steckte er noch im Zündschloss – Louis hatte ihn nicht abgezogen. *Gute Seele.*

Hinter ihnen tauchten hastige Schritte auf. Der Mann, den Dragica angeschossen hatte, setzte zum Schuss an, doch in diesem Moment entfesselte Louis eine Salve von Kugeln. Irgendwie stand er noch auf den Beinen, kurz bevor der andere Söldner das Feuer erwidern konnte.

„Fahr!", brüllte Louis, während er selber hinter dem Jeep in Deckung ging.

Der Motor röhrte. Dragica trat das Gaspedal durch, das Auto beschleunigte ruckartig auf dem staubigen Untergrund. Sie duckte sich halb über das Lenkrad, hörte, wie Kugeln das Heck trafen. Plastik splitterte, Blech kreischte.

Nur weg hier, schnell!

Der Wagen raste quer über den Hof, Staubfahnen wirbelten auf. Aus dem Rückspiegel sah Dragica eine Gestalt, die sich an den Jeep lehnte und schoss – dann verschwand alles in einer Wolke aus Schutt und Staub.

Santiago war hinten zusammengesunken, keuchte vor Schmerz. „Meine Schulter …", presste er hervor.

„Halt durch", flehte Dragica, lenkte die Straße hinunter, die von der Scheune wegführte. Ein paar hundert Meter, und sie waren wieder auf der Landstraße, dort, wo der Kombi zuvor liegengeblieben war.

Sie spürte, dass der Wagen trotz der brenzligen Situation noch funktionierte – offenbar hatte Louis den Kühler notdürftig nachgefüllt, bevor sie in die Scheune gingen. *Oder der Wagen hat sich einfach erholt.*

Jedenfalls dauerte es nur eine halbe Minute, bis sie die Schotterpiste erreichten, die zurück zur Landstraße führte. Keine Verfolger in Sicht. *Noch nicht.*

VIII. Santiago am Ende seiner Kräfte

Sie lenkte den Wagen seitlich in den Schatten einer Gruppe Bäume und trat auf die Bremse. Staub wehte um sie herum. *Eine Sekunde Atemholen, nur eine.*

Dragica wandte sich rasch um, entdeckte Santiago zwischen Kisten und dem Metallkoffer. Sein Hemd war an der Schulter dunkelrot durchtränkt. Er blinzelte gequält.

„Lass mich sehen", sagte sie hastig und kletterte über die Mittelkonsole nach hinten. Sie zerrte sein Hemd weg, fand eine blutende Wunde oberhalb des Schlüsselbeins. Nicht unbedingt tödlich, aber tief genug, um gefährlich zu sein.

„Scheiße", zischte Dragica, riss aus dem Notfall-Set einige Binden und ein Desinfektionsmittel. „Es muss raus, oder wir müssen es zumindest abklemmen."

Santiago stöhnte auf, sein Gesicht wurde kalkweiß. „Tu, was du kannst."

Trotz zitternder Hände presste Dragica eine Mullbinde an die Wunde, legte rasch eine Kompresse an. Sie erinnerte sich an ihre Ausbildung und hoffte, dass reichte erst mal. Währenddessen schossen Gedanken durch ihren Kopf: *Wo ist Louis? Lebt er noch? Wir haben keine Zeit, zurückzugehen.*

Als Santiagos Blutung einigermaßen gestoppt war, ließ er den Kopf zurücksinken. Sein Atem war flach, doch er war bei Bewusstsein. *Das ist gut – wir müssen ihn in ein Krankenhaus bringen ... oder an einen Ort, wo wir ihn versorgen können.*

Dragica blickte zum Lenkrad. *Wir haben das Auto, aber es ist angeschlagen. Santiago ist verletzt, wir haben immer noch den Koffer und die Formel. Und wir sind mitten in der Pampa, ohne garantierte Hilfe.*

Ein Piepton drang aus dem hinteren Bereich: Das Display am Koffer mit der grünen Flüssigkeit begann zu flackern. *Womöglich hat eine Kugel was getroffen oder das heftige Geruckel ...*

„Nicht jetzt!" stöhnte Dragica. Sie griff an den Behälter, prüfte die Werte. Druck etwas erhöht, aber noch nicht kritisch. *Das darf jetzt nicht alles zusammenbrechen.*

Santiago hob mühsam den Kopf. „Fahr ... irgendwas. Krankenhaus? Oder zum Treffpunkt in Avignon?"

Dragica wusste, dass Avignon sicher nicht gerade mit offenen Armen auf sie wartete. Noch war Louis nicht da, um ihnen zu helfen. Kein Kontakt zu Nevena. Keine

Ahnung, wie weit die Söldner von Costa ihnen folgen könnten.

„Krankenhaus ist zu riskant", sagte sie. „Die fragen zu viel, melden vielleicht deinen Schussverletzten. Da hängt überall Sol Invictus mit drin. Wir müssen woanders hin."

Sein Gesicht verzerrte sich vor Schmerz. „Aber was dann? Ich verblute."

Sie erinnerte sich an etwas: *Santiago hatte früher erwähnt, er kenne in der Provence ein kleines, inoffizielles Labor oder zumindest Kontakte, die diskret agierten.*

„Wir müssen versuchen, Louis' Kontakt in Avignon zu finden. Oder zumindest die Adresse, die Nevena uns gegeben hat", murmelte Dragica, während sie vorn ins Handschuhfach griff. *Vielleicht hat Louis dort einen Zettel gelassen?*

Tatsächlich fand sie ein Stück Papier mit einer kaum lesbaren Notiz: eine Adresse nahe Avignon, wohl die Koordinaten für ein Treffen, gefolgt von einem Namen: **Pierre Morel**.

„Dort hin ... oder gar nichts", flüsterte Dragica. Sie startete den Wagen erneut, blickte ein letztes Mal zurück: Santiagos Augen waren geschlossen, seine Brust hob und senkte sich flach.

„Halte durch", murmelte sie, zog den Gang ein und fuhr los.

Der Himmel hatte sich in ein glühendes Orange verwandelt, als sie den Wagen über die Landstraße lenkte. Jede Erschütterung schmerzte vermutlich mehr, als Santiago ertragen konnte, doch Dragica hatte keine Wahl – sie musste Geschwindigkeit aufnehmen, ehe die Söldner sie erneut fanden.

Die Schüsse hallten noch in ihren Ohren nach, Bilder von Louis blitzten auf, wie er tapfer den Gegner ablenkte. *Hoffentlich hat er es geschafft,* dachte sie verzweifelt.

Langsam verschwand die Sonne hinter den Hügeln. Das Abendlicht legte sich wie ein goldener Filter über die Landschaft, in der sie verzweifelt einen Ausweg suchten.

Von ferne sah Dragica einige Häuser auftauchen – vermutlich der Ort, der nur auf dem Zettel stand. Sie biss die Zähne zusammen, ihr Körper schrie nach Ruhe, aber sie starrte fokussiert auf die Straße.

Santiago atmete flach, sein Kopf war nach vorn gesunken. Dann hob er ihn schwach, flüsterte: „Dragica … bleib bei mir …"

Ein Stich durchzuckte ihr Herz. *Er darf jetzt nicht wegdriften.*

„Ich bin da", sagte sie, ohne den Blick von der Fahrbahn zu lösen. *Noch ein paar Minuten …*

Schließlich rollte der Wagen in den Außenbereich eines alten Dorfes, wo verwitterte Mauern von Weingärten und Olivenplantagen umgeben waren. Ein altes Schild: **Châteauneuf-du-Pape** – unweit von Avignon.

Der Motor stotterte bedenklich, doch er lief noch. *Bitte, nur nicht jetzt abstellen.*

An einer Gabelung prangte ein verwitterter Wegweiser. Dragica verglich ihn eilig mit der Adresse auf dem Zettel. *Dann also rechts.*

Je weiter sie fuhren, desto einsamer wirkte die Gegend. Alte Steinhäuser, kaum erleuchtet. Endlich entdeckte sie eine graue Fassade, an der die Hausnummern halb verwaschen prangten: **4 bis**. Genau wie notiert.

Mit quietschenden Bremsen kam der Kombi zum Stehen. Sand und Staub wirbelten auf. *Dies muss es sein.*

„Wir sind da", sagte sie, und ihre Stimme klang brüchig.

Sie stieg aus, hastete um den Wagen herum, riss die Beifahrertür auf. Santiagos Hemd war durchtränkt von Blut, sein Kopf lehnte gegen die Lehne. In seiner linken Hand klammerte er immer noch den Metallkoffer, als hing sein Leben daran.

„Komm, wir brauchen Hilfe", hauchte sie, schob seinen Arm über ihre Schulter. *Er ist kaum bei Bewusstsein.*

Mit letzter Kraft hievte sie ihn aus dem Auto. Die Abendluft war mild, doch sie spürte nur Angst. *Nicht jetzt sterben. Nicht hier.*

Ein unscheinbares Schild über dem Tor: **Cabinet Morel**. *Vielleicht ein Büro? Oder eine Art Praxis?* Dragica schlug gegen das alte Holz, lauter als beabsichtigt.

Nach endlosen Sekunden ging die Tür einen Spalt auf, ein Mann in mittleren Jahren lugte hervor – grau meliertes Haar, scharfer Blick, ein grober Kittel. Er sah Santiagos Zustand und riss die Augen auf.

„Vite! Kommt rein!", rief er auf Französisch, zog die Tür weiter auf.

Dragica zögerte keine Sekunde, schleppte Santiago hinein. Der Fremde – offenbar Pierre Morel – half sofort, nahm Santiagos Gewicht auf. *Er scheint sich mit Verletzungen auszukennen*, registrierte Dragica benommen.

Im Innern offenbarte sich ein seltsamer Anblick: Notdürftig wirkende medizinische Geräte, ein Operationstisch, stapelweise Kisten mit Verbandsmaterial. Es sah nicht aus wie eine normale Arztpraxis, eher wie ein geheimes Lazarett.

„Legt ihn hier ab", wies Morel sie an und deutete auf eine gepolsterte Liege. Er warf rasch einen prüfenden Blick auf Santiagos Wunde und schüttelte den Kopf. „Kann ich behandeln, aber er hat viel Blut verloren."

Dragica schluckte hart, ihr Herz hämmerte. *Kein Wunder – wir sind ewig gefahren.*

Morel blickte sie streng an. „Ihr seid von Louis geschickt, ja? Keine Fragen jetzt. Ich helfe, wenn ihr ruhig bleibt."

Sie nickte stumm, starrte auf Santiagos blasses Gesicht. Er bewegte die Lippen, formte leise, unverständliche Worte. *Bleib bei uns ...*

„Was ist das?", fragte Morel, dessen Aufmerksamkeit auf den Metallkoffer fiel, den Santiago nach wie vor umklammert hielt.

Dragica wusste nicht, wie sie antworten sollte. *Wenn er erfährt, dass wir Sol Invictus-Technik haben, reagiert er vielleicht panisch.* Doch sie hatte keine Energie zum

Lügen. „Ein ... Koffer, den wir gefunden haben. Bitte, erst Santiago ...“

Er gab ihr ein Nicken, das bedeutete, es sei fürs Erste unwichtig. Mit raschen Handgriffen legte er einen Infusionszugang, zog sich Einweghandschuhe über. „Haltet ihn still. Ich entferne die Kugel, wenn sie drinsteckt.“

Während Morel fieberhaft begann, Santiago zu versorgen, zog Dragica sich zurück, zitternd vor Anspannung. Sie lehnte an der Wand, spürte Schweiß, Staub und Blut auf ihrer Haut. *Wir haben es geschafft, immerhin bis hierher. Aber sind wir hier wirklich sicher?*

Draußen brach die Nacht endgültig an, verhüllte die Straßen in Dunkelheit. Das Dröhnen einer fernen Maschine war nicht auszumachen – vielleicht suchte Sol Invictus woanders.

Mit brennenden Augen sah Dragica zum Metallkoffer hinüber. Ein Spalt war zu erkennen, wo das Schloss gesprengt war. Darin die glimmende Elektronik und der ominöse Glaszylinder mit bernsteinfarbener Flüssigkeit. *Ein Geheimnis, das in den falschen Händen alles verändern könnte.*

Ihre Gedanken wanderten zu Louis und den Söldnern. *Hat er überlebt? Werden sie uns hier aufspüren?*

In diesem Moment stöhnte Santiago laut, und Morel fluchte leise auf Französisch, während er die Blutung stillte. Dragica warf sich nach vorn, erfasste Santiagos Hand, in der Hoffnung, ihm Kraft zu geben. *Er darf nicht sterben. Dafür sind wir zu weit gekommen.*

Der Verletzte öffnete flüchtig die Augen, flüsterte: „Wir sind ... fast ...“

Mehr ließ sich nicht verstehen. Sie nickte ihm zu, fest, unbeirrbar. „Wir sind hier. Wir kämpfen weiter, hörst du?“

Dann erlosch das Licht in seinen Pupillen, als er bewusstlos wegsackte. Morel arbeitete weiter, die Stirn in Falten. Dragica fühlte Verzweiflung, doch auch einen unbändigen Willen: *Wir retten ihn. Und wir entschlüsseln, was in diesem Koffer steckt.*

Während im Dunkel die Zeit stillzustehen schien, knüpfte sich das Schicksal neu zusammen. Jenseits der Wände, in einer Welt voller Machtspiele und Gier, zog Sol Invictus die Fäden – doch Dragica, Santiago und der wertvolle Fund waren noch im Spiel.

Kapitel 18

\-

Der Grat zwischen Schatten und Licht

Draußen kroch die Nacht über den kleinen Ort. Eine einsame Straßenlaterne flackerte, und in der Ferne bellte ein Hund, doch ansonsten war alles still. Das Haus, in dem Dragica und Santiago Zuflucht gefunden hatten, lag dunkel zwischen grauen Mauern; nur der schwache Schein einer Notbeleuchtung aus dem Inneren schimmerte durch ein schmales Fenster.

Dragica starrte wie gebannt auf die schmale Liege, auf der Santiago lag. Neben ihm hantierte Pierre Morel mit metallischen Instrumenten, murmelte etwas auf Französisch, das zu schnell war, als dass Dragica jedes Wort hätte verstehen können.

„Er reagiert noch, aber die Kugel hat viel Gewebe erwischt", erklärte Morel mit grimmiger Stimme, als er kurz zu Dragica aufblickte. „Ich muss den Blutfluss unter Kontrolle bringen. Vertrau mir – ich habe schon Schlimmeres gesehen."

Dragica hatte Mühe, sich zu beruhigen. Ihr Körper zitterte vor Anspannung, und sie war sich bewusst, dass jede weitere Bewegung wie ein lähmender Nebel durch Santiagos Körper kreisen konnte. „Was kann ich tun?"

„Warten, und ruhig bleiben", erwiderte Morel bestimmt.
„Du bist kein ausgebildeter Chirurg – ich brauche Platz.
Wenn du betest, bete leise."

Dragica wich einen Schritt zurück, spürte die raue Wand
an ihrem Rücken. In ihren Ohren klangen noch die
Schüsse von vorhin, das Dröhnen ihres rasenden Autos,
Santiagos gequälter Atem. *Hoffentlich hat er genug
Kraft, um sich durchzukämpfen.*

Während Morel weiter operierte, ließ Dragica ihren Blick
durch den Raum schweifen. Die Einrichtung war eine
eigentümliche Mischung: medizinische Ausrüstung,
teils modern, teils alt; ein Holztisch, darauf ein Laptop
und mehrere Ordner; ferner Kartons mit Arzneien
verschiedener Herkunft. An den Wänden hingen
vergilbte Anatomieposter.

Das ist kein normales Doktorhaus, dachte sie.
*Wahrscheinlich hat er sich auf diskrete Fälle
spezialisiert – unter dem Radar der Behörden.*

Ein leichtes Klopfen an der Tür zum Flur ließ sie
zusammenzucken. Im Türspalt erschien ein junger Mann
– vielleicht Anfang zwanzig –, der vorsichtig den Kopf
hereinsteckte. Morel warf ihm einen strengen Blick zu,
woraufhin der Junge schnell etwas auf Französisch
flüsterte und wortlos wieder verschwand.

„Das war mein Assistent", sagte Morel knapp, ohne von
seiner Arbeit abzusehen. „Er hat den Wagen in eure
Garage gefahren. Niemand wird ihn von außen sehen."

Dragica atmete erleichtert auf. „Gut. Solange wir nicht
wissen, ob die Söldner uns hierher verfolgt haben ..."

Morel presste die Lippen zusammen. „Wir haben einige Kontakte in der Gegend. Wenn Fremde auftauchen, die Fragen stellen, werden wir es erfahren."

Erschöpfung brandete in Dragica hoch, doch sie zwang sich, bei Bewusstsein zu bleiben. *Santiago braucht mich, und wir sind noch längst nicht in Sicherheit.*

Sie schob sich in den Nebenraum, um an der kleinen Spüle ihre Hände und das Gesicht zu waschen. Das Wasser war kalt und schien ihr den Kopf etwas freizuspülen. Dabei fiel ihr Blick auf den Metallkoffer, den sie neben einer Kiste mit Medizin abgestellt hatte. Er stand halb offen, weil das Schloss bei dem Sturz demoliert worden war.

Die bernsteinfarbene Flüssigkeit in dem Glaszylinder glomm leicht, als habe sie ein Eigenleben. Daneben liefen mehrere Platinen und Kabel in ein kleines Interface. *Ich habe keine Ahnung, was das ist. Doch es könnte entscheidend sein.*

Sie tastete nach dem Koffer, fuhr vorsichtig mit den Fingern über die Elektronik. Ein winziger Schriftzug tauchte auf einer der Metallplatten auf: **INVIX-G3**. Nie gehört. Aber das ließ keinen Zweifel zu, dass es sich hier um etwas Hochmodernes handelte – möglicherweise aus einem Sol-Invictus-Labor.

„Kann ich dir helfen?" ertönte eine leise Stimme hinter ihr.

Dragica fuhr herum – es war der junge Assistent. Er trug weiße Gummihandschuhe und ein sorglos wirkendes Lächeln auf dem Gesicht. „Ich kann dir einen Tee machen oder was zu essen, falls du magst."

„Oh... äh, danke. Ich ... weiß nicht, ob ich gerade etwas runterbekomme." Trotzdem war sie dankbar für das Angebot.

Der Junge trat näher. „Nenn mich Rémi. Und keine Sorge – wir sind es gewohnt, niemandem Fragen zu stellen."

Sie nickte, murmelte ein kurzes Dankeschön, während sie den Blick kaum von dem Koffer lassen konnte. *Kaum zu glauben, dass wir so etwas in die Finger bekommen haben.*

Kurz darauf führten sie ein leises Gespräch im Flur, weit genug entfernt von Morels improvisiertem OP-Bereich, damit Dragica die Arbeit nicht störte. Rémi reichte ihr einen Becher Tee, aus dem dünne Schwaden dampften.

„Ich hoffe, dein Freund schafft es", sagte er gedämpft. „Doktor Morel hat schon Leute mit schlimmeren Verletzungen gerettet. Seine Mittel sind ungewöhnlich, aber er weiß, was er tut."

Dragica setzte die Tasse an die Lippen, trank und spürte, wie die Wärme ihre kalte Kehle hinunterfloss. *Im Moment ist alles ungewöhnlich*, dachte sie und lächelte Rémi flüchtig zu.

„Bist du auch ein Arzt?" fragte sie.

Er schüttelte den Kopf. „Nein, nur ein Helfer. Ich habe mich Sol Invictus entgegengestellt, habe irgendwann fliehen müssen ... wie viele hier. Morel hat mich aufgenommen."

Das Berührungspunktthema belebte Dragica. „Du kennst Sol Invictus?"

„Gewissermaßen." Er seufzte. „Sie sind überall, man kann sie nicht einfach abschütteln. Aber manchmal findet man Orte wie diesen – unscheinbar, aber verborgen genug, um eine Weile zu überleben."

Ein fernes Klirren lenkte Dragicas Aufmerksamkeit auf die OP-Tür. Sie stellte den Teebecher ab und eilte zurück ins Behandlungszimmer.

Morel stand über Santiago gebeugt, nähte mit ruhiger Hand die Wunde zu. Santiagos Brust hob sich flach, sein Gesicht war kalkweiß, doch er lebte. Morel richtete sich auf, wischte sich Stirn und Wangen ab.

„Die Kugel habe ich entfernt. Ich habe ihm etwas gegeben gegen den Schmerz und für die Genesung. Jetzt braucht er vor allem Ruhe und Zeit."

Dragica spürte, wie Erleichterung durch ihre Glieder zog. *Er hat überlebt – wenigstens fürs Erste.*

Morel trat einen Schritt beiseite, musterte sie. „Du bist auch verletzt? Oder erschöpft?"

Sie schüttelte den Kopf. „Nur... müde. Und in Sorge."

„Überlass das jetzt uns", sagte er mit ruhiger Stimme, als wäre es das Normalste der Welt, nachts einen Schussverletzten illegal zu behandeln. „Du kannst dich nebenan hinlegen, wenn du willst. Rémi oder ich kümmern uns um ihn."

Dragica war hin- und hergerissen. *Ich will Santiago nicht allein lassen – aber ich brauche Kraft.* Immerhin stand sie kurz vorm Umfallen. Ihre Knie fühlten sich an wie Gummi.

Morel deutete auf eine klapprige Liege, die an der Wand stand. „Du kannst hierbleiben – versuch, ein paar Minuten zu schlafen."

Dragica nickte stumm, zog sich auf die Liege zurück, während Morel Santiagos Infusion anpasste. Für einen Moment schloss sie die Augen. Sekunden später überrollte sie eine Welle der Erschöpfung.

Immer wieder blitzten Bilder durch ihre Gedanken: Costa, der flüchtige Moment in der Scheune, Louis mit seiner Waffe, Santiagos Sturz, das Knallen der Kugeln. *Wo ist Louis jetzt? Lebt er?* Das nagende schlechte Gewissen, ihn zurückgelassen zu haben, bohrte sich in ihr Bewusstsein.

Wir hatten keine Wahl, versuchte sie sich einzureden. *Ich hoffe, er hat es rausgeschafft.*

Eine gefühlte Ewigkeit oder nur wenige Minuten später fuhr sie hoch. Ein pochender Schmerz im Nacken, und ihre Glieder fühlten sich steif an. Doch das ungute Gefühl von Gefahr war wieder da: *Habe ich etwas gehört?*

Sie hob den Kopf. Santiagos Atmung war flach, doch stabil, Morel hantierte mit Spritzen, und Rémi stand am Fenster, den Vorhang beiseitegeschoben, als spähte er in die Dunkelheit.

„Irgendwas los?" fragte Dragica mit gepresster Stimme.

Rémi wandte sich zu ihr um. „Eine Nachricht." Er hielt sein Handy hoch, auf dessen Bildschirm ein kurzer Text stand. „Eine Frau – Nevena – hat versucht, dich zu erreichen."

Dragicas Herz schlug schneller. *Nevena lebt. Aber was schreibt sie?*

Rémi las den Text leise vor. „‚Hab überlebt. Louis verletzt, aber stabil. Söldner haben Scheune untersucht, keine Spur von euch. Costa sucht immer noch aktiv. Haltet euch bedeckt.'"

Ein Zittern löste sich in Dragicas Brust. *Louis hat es also geschafft.* Erleichterung mischte sich mit einem harten Kloß im Hals. *Aber Costa jagt weiter.*

„Danke", murmelte sie, während sie den Inhalt sacken ließ. „Dann wissen sie zumindest nicht, wo wir stecken. Wie lange das wohl hält…"

Rémi steckte das Handy weg und legte die Stirn in Falten. „Nevena meinte, wir sollen vorsichtig sein, weil die Söldner sich in Südfrankreich verteilen. Sie suchen nach einem verletzten Mann und einer Frau – das muss reichen, um uns vorsorglich misstrauisch zu machen."

Sie nickte, die Kiefermuskeln verkrampft. „Dann werden wir hierbleiben müssen, bis Santiago transportfähig ist, oder?"

„Genau", sagte Morel, der inzwischen neben ihnen stand und sich eine brennende Zigarette hinter das Ohr klemmte. „Mindestens zwei, drei Tage braucht er Ruhe, bevor wir ihn bewegen können. Und selbst dann sollte er in ein richtiges Krankenhaus – nur heimlich."

Dragica trat an Santiagos Seite, berührte leicht seine Hand, die neben dem Infusionsschlauch lag. Er rührte sich nicht. *Wenn er aufwacht, wird er Schmerzen haben, aber er wird leben.*

Sie seufzte, richtete sich auf. „In Ordnung. Wir bleiben. Haben wir genug Möglichkeiten, unterzutauchen, falls Costa doch auftaucht?"

Morel warf Rémi einen Blick zu. „Wir haben einen Kellerraum, notfalls. Nicht besonders luxuriös, aber sicher. Und ein paar unserer Freunde könnten eine Ablenkung inszenieren, falls nötig."

Dragica nickte dankbar, zog die Arme um sich. Eine Gänsehaut überzog ihre Haut, obwohl es warm war. *Wir haben das Schicksal mehr als einmal herausgefordert – und immer wieder hat sich irgendjemand gefunden, der uns hilft. Wie lange geht das noch gut?*

Von Santiagos Liege hörte sie ein leises Stöhnen. Sie trat rasch hin, sah, wie sein Kopf sich bewegte, als versuche er, die Augen zu öffnen. Morel schob sie ein Stück zur Seite, leuchtete mit einer kleinen Lampe. „Chut, ganz ruhig", murmelte er beschwichtigend.

Santiago blinzelte, wirkte benommen, ehe sein Blick auf Dragica fokussierte. Einen Moment schien er sie nicht zu erkennen, dann flackerte ein kaum erkennbares Aufatmen über sein Gesicht. Er versuchte, etwas zu sagen, doch nur ein heiserer Laut kam heraus.

„Schhh", machte Dragica, beugte sich über ihn. „Wir sind in Sicherheit, verstehst du? Du musst dich ausruhen."

Er nickte schwach, die Lider flackerten. Dann hob er minimal seine linke Hand, in der er – wie Dragica jetzt bemerkte – ein Stück Kabel fest umklammert hatte. Das war ein Teil, das beim offenen Metallkoffer herumhing.

Seine Lippen formten lautlos: „Koffer ... wichtig."

Dragica legte eine Hand auf seine Stirn, strich ihm die verschwitzten Haarsträhnen weg. „Schon verstanden. Keine Sorge, ich passe drauf auf. Ruh dich aus."

Seine Augen fielen wieder zu, und sein Körper entspannte sich in eine Art Halb-Bewusstlosigkeit. *Er hat nicht einmal gefragt, ob wir entkommen sind – vielleicht weiß er es einfach.*

In dieser Nacht kam Dragica kaum noch zur Ruhe. Sie wechselte zwischen kurzen Schlummern auf der Liege und Phasen von Wachsamkeit, in denen sie an Santiagos Seite ausharrte. Mal stand sie auf, ging leise durch den Flur, immer darauf bedacht, keine Aufmerksamkeit zu erregen.

Die Stunden zogen sich, das Ticken einer alten Uhr im Vorraum wurde zum monotonen Begleiter. Ab und zu hörte sie Morel und Rémi im Hintergrund reden, sich abwechseln, um die Wunde zu kontrollieren. Sie selbst zwang sich dazu, wenigstens ein paar Schlucke Tee zu trinken und eine Scheibe Brot zu essen, um nicht umzufallen.

Irgendwann in den frühen Morgenstunden, als das erste graue Licht durch die Ritzen des Fensters fiel, glaubte Dragica, draußen ein Motorengeräusch zu hören. Sie fuhr hoch, griff ihre Waffe, doch es entfernte sich wieder. Vielleicht nur ein Lieferant, dachte sie.

Kein Helikopterlärm, keine Söldner-Stimme, kein Funken von Costa. *Noch ist es ruhig.*

Als der Morgen anbrach, hatte Dragica einen Entschluss gefasst: Sie würde den merkwürdigen Metallkoffer genauer inspizieren, sobald sie etwas Stabilität hatten. Vielleicht verbarg sich darin eine Information, die ihnen helfen konnte, Costa zu besiegen oder Sol Invictus endlich zu stoppen. *Und wenn es eine Waffe ist, besser wir wissen es, bevor es uns um die Ohren fliegt.*

Doch zunächst galt es, Santiago durch die nächsten Tage zu bringen. Er war die Seele dieses Unternehmens – ohne ihn würde auch die Gen-Formel nutzlos werden, und all ihre Opfer würden vergeblich sein.

Mit einem letzten Blick auf seinen blassen, aber ruhiger atmenden Körper richtete sie sich auf, ging zum Fenster und sah hinaus in die morgendämmernde Straße. Die wenigen Laternen erloschen, ein erster Vogel sang. Es wirkte so friedlich.

Wir sind am Grat zwischen Schatten und Licht, dachte sie. *Vielleicht ... können wir ihn diesmal überwinden.*

Kapitel 19

-

Die erste Spur

Der neue Morgen in der alten Arztpraxis war seltsam friedlich – von draußen drangen nur ein paar Vogelrufe, und irgendwo klapperte ein Eimer gegen einen Brunnen. Dennoch lag in der Luft jene Spannung, die Dragica bereits kannte: *Zu oft haben wir gedacht, wir könnten aufatmen, nur um kurz darauf wieder gejagt zu werden.*

Santiago schlief noch, aus einer Mischung aus Schmerzmitteln und Erschöpfung. Sein Gesicht wirkte etwas weniger fahl, was Dragica vorsichtig optimistisch stimmte. Dennoch hielt er sich in einem dämmrigen Halbschlaf, unfähig, sich zu bewegen oder zu sprechen.

Pierre Morel, der Doktor, beugte sich über ihn und überprüfte Verband und Puls. „Er ist stabil", sagte er leise. „Aber es bleibt riskant. Die Kugel hat Nerven und Muskeln beschädigt, wir müssen Entzündungen verhindern."

Dragica nickte, ihre Augen geschwollen von zu wenig Schlaf. „Welche Chance hat er?"

„Solange kein Fieber kommt, stehen die Chancen ganz gut. In ein paar Tagen kann er aufstehen, wenn alles verheilt. Aber bis dahin absolute Schonung."

In einem Nachbarzimmer, dem improvisierten Lagerraum, wartete der seltsame Metallkoffer, halb offen und mit Kabeln gespickt. Nachdem sie einen

Kaffee heruntergestürzt und ein paar Minuten gesammelt hatte, beschloss Dragica, sich endlich diesen Fund vorzunehmen.

Sie und Rémi knieten vor dem Koffer. Das demolierte Schloss hing schief, die Platinen im Inneren blinkten vereinzelt, als hätten sie eine kleine Stromquelle. In der Mitte befand sich der Glaszylinder mit der bernsteinfarbenen Flüssigkeit, die im Dämmerlicht matt glomm.

„Die Elektronik sieht hochspezialisiert aus", sagte Rémi und fuhr vorsichtig mit einem kleinen Schraubenzieher über eine Platine. „Hier ist eine Art Daten-Interface, aber es fehlt ein Anschluss, um es an einen normalen Computer zu hängen. So was kenne ich nicht."

Dragica strich mit den Fingern über ein aufgeprägtes Logo an einer der Metallverstrebungen: **INVIX-G3**. „Schon mal gesehen?"

Rémi schüttelte den Kopf. „Nie. Aber sieh mal hier, diese kleine Linse. Könnte ein Sensor oder ein Scanner sein. Und der Glaszylinder ... könnte ein Medium sein, in dem Daten gespeichert sind, oder ein biologisches Konstrukt. Schwer zu sagen."

„Santiago meinte, es wirke wie eine Nanotech-Substanz", erinnerte sich Dragica. „Vielleicht ist das irgendeine nächste Entwicklungsstufe von Sol Invictus. Etwas, das mit unserer Gen-Formel interagieren könnte?"

Rémi zuckte die Schultern. „Dazu bräuchte man mehr Laborausrüstung. Bei Morel gibt es nur medizinische Grundgeräte, keine Hightech-Analyse."

Dragica atmete leise aus. „Ich wüsste nicht einmal, an wen wir uns wenden sollten. Wenn wir uns verraten, stecken wir gleich wieder in der Schusslinie."

Im nächsten Moment summte Rémis Handy in seiner Hosentasche. Er fischte es hervor, sah kurz auf den Bildschirm und hielt es Dragica hin. „Nevena", erklärte er nur.

Ein kurzer Text flackerte auf:

„Keine Bewegung bei euch? Hier Söldner, die herumfragen. Haltet euch still. Warte eure Nachricht."

Dragica runzelte die Stirn. *Also keine neue Gefahr direkt vor unserer Tür.* Trotzdem hatten die Söldner eindeutig den Südbereich Frankreichs durchkämmt. *Costa lässt nicht locker.*

„Wir bleiben also still", murmelte sie. „Wenn wir Glück haben, sind wir auf keiner Karte verzeichnet."

Rémi nickte. „Das hier ist ein vergessener Ort. Die meisten wissen nicht mal, dass Morel hier praktiziert. Bleibt einfach drin. Was die Zukunft bringt, werden wir sehen."

Dragica klappte vorsichtig den Koffer zu, damit man das Glimmen nicht von draußen erkennen konnte. *Er ist eine Zeitbombe: entweder eine Chance – oder unser Untergang.*

Einige Stunden vergingen, in denen Dragica immer wieder zwischen dem Lagerraum und Santiagos Liege wechselte, ihm Wasser reichte oder vorsichtig die Stirn kühlte. Er lag da wie in einem Traum, manchmal murmelte er etwas Unverständliches.

Gegen Mittag hob er zum ersten Mal klar den Blick und fand Dragicas Augen. „Du ... bist noch hier", flüsterte er brüchig, die Stimme kaum mehr als ein Krächzen.

Sie kämpfte gegen Tränen an, die sich vor Erleichterung in ihr sammelten. „Natürlich bin ich das. Du hast uns einen ordentlichen Schrecken eingejagt."

Santiago lächelte schwach, woraufhin er zusammenzuckte. „Autsch ..."

Sie half ihm, den Kopf zu heben und ließ ihn einen Schluck Wasser trinken. Dann stützte sie ihn leicht, damit er nicht wieder ins Kissen sank. „Wir sind in Sicherheit – fürs Erste. Pierre Morel hat dich operiert. Er scheint kompetent zu sein."

Santiagos Augen flackerten über ihre Schulter. „Der ... Koffer ..."

„In Ordnung, in Sicherheit. Wir haben ihn hier. Er ist kaputtgegangen und aufgegangen. Da ist eine Flüssigkeit drin, irgendwas Technisches."

Sein Blick zeigte Erstaunen, vielleicht auch Sorge. „Ich muss es ... ansehen ... wenn ich kann. Vielleicht ist es unser Schlüssel ... gegen Sol Invictus."

Dragica drückte leicht seine Hand. „Ja. Aber erstmal musst du gesund werden, verstanden?"

Gerade als sie das sagte, pochte es an der Tür zum Behandlungszimmer, und Rémi steckte den Kopf herein. „Ein Bote war hier. Hat diesen Brief abgegeben. Keine Absenderadresse."

Dragica nahm den Umschlag, schob Santiago behutsam zurück auf die Liege. Sie öffnete ihn und zog ein einzelnes Blatt Papier hervor. Darauf stand in klarem, gedrängtem Französisch:

„An die Leute, die sich hier verstecken. Wir wissen mehr, als ihr denkt. Es geht um den Metallkoffer.
Meldet euch unter der Nummer ... oder wir holen ihn uns selbst."

Darunter war eine Handynummer – keine Namen, nichts weiter.

„Scheiße ...", stöhnte Dragica, und ihr Magen zog sich zusammen wie ein nasser Lappen. „Wer zur Hölle ...?"

Rémi trat näher. „Ein Ultimatum? Oder eine Warnung. Vielleicht haben sie doch eine Spur von euch?"

Santiago, der vom Bett aus das Ganze beobachtete, warf Dragica einen fragenden Blick zu. Sie zeigte ihm wortlos den Brief. Seine Pupillen weiteten sich. *Jemand weiß vom Koffer!*

Dragica nahm Rémi bei der Schulter beiseite. „Bist du sicher, dass hier niemand Fremdes war? Keine Wache, kein Nachbar?"

Rémi hob ratlos die Hände. „Ich hab nur gesehen, wie ein Junge mit einer Mütze den Brief abgab. Sagte, er sei ein Bote. Dann war er weg. Es sah nicht aus wie ein Söldner, eher wie ein normaler Jugendlicher."

„Trotzdem wissen sie, dass wir hier sind", gab Dragica angespannt zurück. Sie starrte auf die Handynummer. *Eine Falle? Wenn wir anrufen, spüren sie unser Signal auf.*

„Vielleicht ist es auch ein Undercover-Spiel", mutmaßte Rémi. „Ein konkurrierender Teil von Sol Invictus, oder

irgendeine Organisation, die von dem Koffer
windbekommen hat."

Dragica spürte eine Wut aufsteigen: *Wir können nicht
mal durchatmen, ohne dass uns irgendwer auflauert.*
Sie knetete den Zettel in der Hand. „Wir dürfen keinen
unbedachten Schritt tun. Anrufen ist zu riskant. Aber
ignorieren vielleicht auch."

Sie kehrte zu Santiago zurück, setzte sich zu ihm. Sein
Atem ging flach, doch er war wachsam genug, um ihr die
Hand zu drücken. „Wir ... müssen es lösen. Vielleicht
verhandeln. Oder feststellen, wer dahintersteckt."

„Du bist verletzt", entgegnete sie zögernd. „Und wir
haben keinen Rückhalt."

„Wir haben diesen Doktor, diesen Rémi ...", keuchte
Santiago. „Und wir haben noch Nevena, wenn wir sie ...
kontaktieren."

„Nevena würde uns raten, stillzuhalten", mutmaßte
Dragica. „Aber was, wenn diese Leute wirklich so nah
sind, wie sie behaupten?"

Santiagos Augen blitzten auf. „Sie haben sich noch nicht
gezeigt. Das heißt, sie fürchten auch etwas. Vielleicht
ahnen sie, dass wir bewaffnet sind, oder dass wir
Verbündete haben. Sonst wären sie längst hier."

Nach reiflichem Überlegen und einem weiteren kurzen
Abgleich mit Rémi entschied Dragica, den Brief fürs
Erste zu ignorieren. *Keine Reaktion heißt kein Signal, das
man zurückverfolgen kann.*

Rémi hatte eine Idee: „Wir können die Nummer anrufen,
aber nicht von hier. Ich kenne einen versteckten Ort, ein

altes Haus etwas außerhalb. Da gäbe es ein gebrauchtes Telefon, nicht identifizierbar."

Dragica gefiel der Plan nicht, aber sie sah ein, dass es eine Möglichkeit wäre, aktiv zu bleiben. *Wenn wir gar nichts tun, spürt uns vielleicht bald eine Horde Söldner auf.*

„Wir warten ein bisschen ab", sagte sie schließlich. „Santiago muss erst Kräfte sammeln. Ich will zumindest einen Tag, bevor wir uns in ein neues Minenfeld begeben."

Der Tag zog sich, ohne weitere Zwischenfälle. Pierre Morel behandelte weiterhin Santiagos Schulter, wechselte die Verbände und gab ihm Antibiotika. Rémi organisierte eine warme Mahlzeit, die Dragica zwang, zumindest ein wenig zu essen.

Ab und zu stahl sie sich in den Lagerraum, um den Metallkoffer erneut anzusehen. *Wie kann das Teil so wichtig sein, dass Leute uns Drohbriefe schicken?* Eine vage Idee formte sich in ihrem Kopf: *Was, wenn der Koffer etwas enthält, das Sol Invictus selbst verloren hat? Vielleicht bekriegen sich verschiedene Fraktionen?*

Doch ohne spezielle Geräte blieb alles Spekulation. Der Zylinder im Koffer schimmerte jedes Mal, wenn sie einen Blick hineinwarf, fast hypnotisch. *Fast wie unsere Gen-Formel, nur … anders.*

Kurz vor Sonnenuntergang saß sie neben Santiago, der inzwischen bei halbwegs klarem Verstand war, aber schwach. Sie erzählte ihm von dem Brief und ihrem Entschluss, sich noch nicht zu melden.

Er stimmte ihr zu. „Die wollen uns aufscheuchen. Vielleicht hoffen sie, wir rennen in ihre Arme. Wir haben gesehen, was in der Scheune passiert ist – alle zögern nicht, zu schießen."

„Und was, wenn sie uns finden?", fragte Dragica, während ein kühler Luftzug durchs offene Fenster streifte.

Santiago ließ den Kopf auf die Seite sinken. „Wir können uns vorbereiten. Rémi sagt, Morel hat einen Keller. Wir verstecken uns, wenn sie kommen. Nevena könnte Leute schicken, zur Unterstützung. Wir haben Zeit – solange wir nicht fahren müssen. Und ich ... habe wohl keine Wahl, als hier zu liegen."

Ein bitteres Lächeln zuckte über sein Gesicht, doch Dragica spürte seinen inneren Kampf. *Er will handeln, sich wehren, aber kann kaum aufstehen.*

Nach einer Weile kehrte Ruhe ein. Rémi zog sich zurück, Morel bereitete sein kleines Zimmer für die Nacht vor, und die Dunkelheit legte sich über das Dorf.

Dragica und Santiago waren allein im Behandlungsraum, die einzige Beleuchtung eine kleine Stehlampe in der Ecke. Die Infusionsflasche gluckerte leise.

„Du brauchst Schlaf", wisperte Santiago, der ihre müden Augen sah. „Ich bin nicht mehr in Lebensgefahr."

Dragica zögerte, fuhr sich mit einer Hand durch die Haare. „Kannst du verstehen, wie schwer das ist? Ich hab Angst, dass wir jede Sekunde aufwachen und ..."

Er hob leicht die Hand, suchte ihre. „Ich weiß. Aber wir haben schon so viel überlebt – das hier schaffen wir auch. Wenn sie uns finden, werden wir sie wieder austricksen."

Ein Kloß bildete sich in Dragicas Hals. Sie versuchte ein Lächeln, spürte, wie ihr Herz bei seinem Anblick zugleich flatterte und sich sorgte. *Er ist verletzt und trotzdem denkt er positiv.*

„Okay", flüsterte sie. „Ich versuche, ein paar Stunden zu schlafen."

Doch als sie die Augen schloss, kreisten ihre Gedanken noch lange um drohende Gefahren, um den rätselhaften Koffer und um eine Zukunft, in der sie vielleicht endlich frei sein würden.

Kapitel 20

\-

Atem in der Dämmerung

Die Nacht war hereingebrochen, und die kleine Lampe im Behandlungszimmer tauchte die Szene in ein warmes, goldenes Licht. Dragica saß neben Santiago, der halb aufgerichtet im Bett ruhte. Seit Stunden hatten sie sich nur leise unterhalten, die Hände ineinander verschränkt, als könnten sie so die Vergangenheit – und all ihre Schmerzen – vertreiben.

Pierre Morel und Rémi hatten sich längst zurückgezogen; das Haus wirkte still, nur das sanfte Summen eines alten Ventilators in der Ecke begleitete die Herzschläge der beiden.

„Du solltest dich schonen," flüsterte Dragica schließlich, während sie seine verletzte Schulter musterte. Ein dicker Verband verbarg die genähte Wunde, doch Santiagos Augen wirkten wach – beinahe sehnsüchtig.

Er hob die Hand, streichelte leicht über ihren Unterarm. „Ich weiß, aber … ich habe das Gefühl, wir hatten viel zu lange keine Minute füreinander. Ständig jagt uns die Angst, dass man uns findet, und ich …" Er brach ab, senkte kurz den Blick.

Sie verstand sofort. *Wie oft hatte sie denselben Gedanken verdrängt?* Die Welt da draußen mochte voller Gefahren sein – aber hier, in diesem Raum, hatten sie sich. „Sag nichts," hauchte sie, ließ die Finger sacht über seine Wange gleiten. „Nur für diesen Moment wollen wir das Chaos vergessen."

Santiago neigte den Kopf an ihre Hand, schloss die Augen für einen Atemzug. *Sie ist hier, und wir sind am Leben,* dachte er. Es war eine seltsame Mischung aus Dankbarkeit und Verlangen, die ihn überkam – ein Drang, sie in die Arme zu schließen und damit die dunklen Bilder zu vertreiben, die ihn quälten.

Als er die Augen wieder öffnete, begegnete er Dragicas intensivem Blick. Ihre Pupillen schimmerten im Lampenschein. Sie beugte sich vor, beinahe zögerlich – als warte sie auf ein Zeichen, dass es in Ordnung war.

Er gab es ihr, indem er die unverletzte Hand an ihren Nacken legte und sie sacht an sich zog. Ihre Lippen trafen sich, zunächst behutsam, fast tastend, doch mit jedem sanften Kuss wuchs die Vertrautheit zwischen ihnen.

Dragica spürte Santiagos Herz unter ihrer Hand schlagen, spürte den raschen Rhythmus seiner Atmung. Ein wohliger Schauer lief ihr den Rücken hinab, als er mit seinen Fingern durch ihr Haar fuhr. Sie wusste, er war geschwächt – aber die Energie, die jetzt zwischen ihnen strömte, war stärker als jede Erschöpfung.

Sie löste den Kuss, nahm sich eine Sekunde, um seinen verletzten Körper nicht zu überfordern, doch in seinen Augen lag kein Zeichen des Aufgebens – eher ein Wortloses *Bitte, bleib bei mir.*

Vorsichtig schob sie die Decke ein Stück zurück. Sein Oberkörper war entblößt, die Muskeln angespannt vor Schmerz und vor Begehren zugleich. Sie ließ ihre

Fingerspitzen über seine Brust gleiten, achtete darauf, die bandagierte Schulter auszusparen.

Santiago atmete scharf ein, als ihr Daumen eine kleine Narbe streifte – ein Andenken vergangener Tage. „Tut es weh?" fragte sie leise.

„Nein ...", krächzte er, und in seiner Stimme schwangen zugleich Erleichterung und Verlangen mit. „Berühr mich einfach weiter."

Mit einer sanften Bewegung lehnte Dragica sich gegen ihn, legte ihre Lippen an seinen Hals. Ihr Herz raste, und sie hatte das Gefühl, jeden Pulsschlag in seinem Körper zu spüren. Langsam wurde ihr Kuss intensiver, glitt von seinem Hals zu seinem Schlüsselbein, bis hin zu einer Stelle in der Nähe seiner verbundenen Wunde – nahe genug, um ihn kribbeln zu lassen, aber mit dem gebotenen Respekt vor der Verletzung.

Santiago schloss einen Moment die Augen, ließ sich in die Kissen zurücksinken. Sein unverletzter Arm glitt um ihre Taille, zog sie näher zu sich, sodass sie halb auf der Bettkante kniete. Ihr Haar fiel über seine Brust, und er sog ihren Duft ein – eine Mischung aus Seife, Schweiß und etwas Vertrautem, das nur sie hatte.

Ihr Kuss wanderte höher, wieder zu seinem Mund, wo sie sich in einer tieferen Leidenschaft wiederfanden. Sie schluckten gemeinsam ein leises Aufstöhnen, weil sie nicht die Aufmerksamkeit von Morel oder Rémi wecken wollten. *Nur diese Stille, nur wir zwei.*

Für einen Augenblick vergaßen sie die gejagte Flucht, die Gefahr, den rätselhaften Koffer – alles verschwand in den sanften Wellen ihrer Bewegungen. Dragica hielt sein Gesicht in den Händen, spürte, wie sein Bartschatten

leicht an ihren Fingern kratzte, während er jeden ihrer
Atemzüge erwiderte.

Er strich über ihren Rücken, entdeckte jeden Zentimeter
neu, so, als wäre dies ihr erstes Mal allein in Sicherheit.
Sein Puls klopfte hart gegen ihre Handflächen, als sie
ihre Fingerspitzen in seine Hüfte grub.

Santiago wagte, ein wenig auf der Liege beiseite zu
rutschen, damit sie sich bequemer zu ihm legen konnte,
und sie lachte leise. „Vorsicht," ermahnte sie ihn, „deine
Schulter."

„Alles gut", flüsterte er rau. „Mit dir ist es immer besser."

Dragica fühlte sich, als läge ein unsichtbarer, warmer
Schleier über ihnen. Hier, in diesem seltsamen,
provisorischen Behandlungszimmer, fand sich ein Funke
von Intimität, dem sie so lange hatten entsagen müssen.

Sie küsste ihn erneut, diesmal tiefer, und ihre Lippen
formten ein stummes Bekenntnis, das keiner Worte
bedurfte. Santiago erwiderte das Verlangen, mit einer
Zärtlichkeit, die fast schon brannte.

Ihre Hände entdeckten sich gegenseitig, folgten
Konturen, die längst vertraut und doch neu waren. Jeder
Atemzug von Dragica wurde schneller, die Hitze in ihrem
Inneren wuchs, während sie sein Gewicht gegen sich
spürte – so gut es seine Verletzung zuließ.

Obwohl das Bett schmal war, verloren sie sich in diesem
Mikrokosmos aus Berührungen. Seine Finger fanden
ihren Oberschenkel, fuhren langsam hoch über den
Stoff ihrer Hose, bis sie eine Gänsehaut bekam. Sie ließ
sich tiefer in diese Empfindung sinken, schloss die

Augen, trug ihre Nähe von seinen Lippen bis zu ihrem Herzen.

Kein Laut drang nach draußen, außer dem unterschwelligen Rascheln von Decken und ihren leisen, aufgeregten Atemzügen. Dragica merkte kaum, wie viel Zeit verstrich. Vielleicht waren es Minuten, vielleicht eine Stunde – in dieser innigen Blase zählte nur das Hier und Jetzt.

Santiago seufzte, als ihr Mund seinen Oberkörper hinab wanderte und sie mit ihren Lippen leicht über seinen Bauchrand fuhr. Er biss sich auf die Lippe, um nicht lauter zu werden – jeder Laut hätte Rémi oder Morel alarmiert, doch seine Lust war stärker, als er erwartet hatte.

Als Dragica erneut zu ihm hochsah, lächelte sie in seinen halb geöffneten Augen. *Ein Moment, in dem wir beide nur uns spüren.*

Ihre Hand legte sich an seine Wange, sie küsste ihn noch einmal zart. „Du hast Fieber bekommen? Oder bist du einfach so heiß?"

Ein Schmunzeln zuckte um seine Lippen. „Liegt an dir …"

Sie verharrten in dieser verspielten Hitze, umschifften aber jegliche ruckartigen Bewegungen, die seine Wunde belasten könnten. Obwohl sie sich nach mehr verzehrten, wusste Dragica, dass sie nicht riskieren durfte, ihm noch mehr Schmerz zuzufügen.

Stattdessen ließen sie den Augenblick auf anderer Ebene tiefer werden: Ihr Körper schmiegte sich an seinen, die Decke rutschte herunter, und sie beide genossen die Berührung der Haut, das Wispern von Lippen auf Hals, Ohr und Schulter.

Es war eine Form von Liebe, die sich inmitten der Gefahr fand, eine leise, dampfende Leidenschaft, die sich nie laut in die Welt hinausschreien konnte.

Nach einer Weile spürte Dragica, wie Santiago die Anstrengung an seine Grenzen brachte – sein Atem war unregelmäßig, sein Puls raste nicht nur vor Erregung, sondern auch weil sein Körper sich an die Wunde erinnerte.

Widerwillig löste sie sich von seinen Lippen, strich ihm über die Stirn. Er war warm, vielleicht zu warm. „Genug für heute", flüsterte sie, obwohl es ihr schwerfiel.

Er nickte matt, zwang sich zu einem letzten Lächeln. „Danke ... dass du mich daran erinnerst, wie es sich anfühlt, wenn wir frei sind."

Sie küsste sacht seine Fingerspitzen. „Wir werden frei sein, irgendwann. Und dann holen wir all das nach, was wir uns hier nicht vollkommen geben können."

Ein sanfter Kuss besiegelte dieses Versprechen. Dragica schob sich vorsichtig zurück und zog die Decke wieder über ihn. Ihr eigener Körper kribbelte noch von der Wärme, die ihm entwichen war, doch sie atmete tief durch, beruhigte ihren rasenden Herzschlag.

Während Santiago in einen ruhigen Halbschlaf fiel, wartete Dragica an seiner Seite, das Herz noch immer voller Glut. *Für einen flüchtigen Moment* – so dachte sie – *konnten wir vergessen, was draußen lauert.*

Die Lampe warf lange Schatten an die Wand, während sie ihm eine Haarsträhne aus der Stirn strich. Sein Atem klang friedlicher, die Schmerzen schienen verblasst zu sein, und ein feiner Glanz lag auf seiner Haut, als hätte ihre Nähe mehr geheilt als nur seine seelische Last.

Ob Morel oder Rémi irgendwas ahnen? fragte sie sich flüchtig. *Vielleicht spüren sie nur, dass wir miteinander reden – oder sie lassen uns bewusst in Ruhe.*

Jedenfalls war sie dankbar für die Privatsphäre in diesem kleinen Zimmer, für die Chance, inmitten des ständigen Krieges um ihr Überleben ein Stück Zärtlichkeit zu finden.

So saß sie da, drückte ihre Hand in Santiagos, bis auch sie schließlich die Augen schloss und einen Moment in leichter Glückseligkeit fortdämmerte. Der Kampf würde zurückkehren – doch in dieser Nacht wog die Liebe mehr als jede Sorge.

Kapitel 21

–

Ein Flüstern der Gefahr

Die erste Helligkeit des neuen Tages weckte Dragica. Sie öffnete die Augen und spürte noch immer die Nachwirkung der zarten Hitze, die sie und Santiago gestern Nacht geteilt hatten. Für einen Sekundenbruchteil glaubte sie, sich an einem friedlichen Ort zu befinden, fernab aller Schatten. Doch dann kehrten die vertrauten Gedanken zurück: *Sol Invictus, die rätselhaften Söldner, der Metallkoffer und der Brief.*

Santiago lag halb auf der Seite, den Kopf zum Fenster gedreht. Er schien noch zu schlafen, die Wunde war notdürftig versorgt, und in seinem Gesicht lag endlich etwas mehr Farbe als zuvor. Trotz der Erschöpfung huschte ein schwaches Lächeln über Dragicas Lippen. Die Nacht hatte ihm offensichtlich ebenso gutgetan wie ihr.

Behutsam löste sie sich von seiner Hand und richtete sich auf, um den Raum nicht zu sehr zu erschüttern. Ihr Körper knisterte noch von den intimen Momenten, die sie geteilt hatten, doch die Realität klopfte unerbittlich an.

Kaum hatte sie sich aus dem Behandlungszimmer geschlichen, hörte sie im Flur ein gedämpftes Murmeln: Rémi und Pierre Morel unterhielten sich. Dragica trat näher und erblickte die beiden, die über ein Handy gebeugt standen.

„Bon, c'est noté", sagte Morel und beendete den Anruf. Dann wandte er sich an Dragica: „Da bist du ja. Wir haben Neuigkeiten von Nevena. Sie sagt, Costa steht noch unter Druck, hat aber wohl neue Leute in der Region positioniert. Die Straßen sind noch nicht blockiert – aber das kann sich schnell ändern."

Dragica zog die Stirn kraus. *Das klingt, als wäre uns noch Zeit geblieben, aber wer weiß, wie lange.* „Danke", sagte sie knapp. „Was meinst du, wie dringend wir unsere Position hier aufgeben sollten?"

Rémi trat näher. „Wir haben einen Keller, in dem ihr notfalls untertauchen könnt. Wie gesagt, es ist kein Luxus, aber besser als ein offenes Haus, falls jemand stürmt."

Sie nickte. „Santiago ist noch zu schwach, um irgendwohin gebracht zu werden. Solange er nicht stabiler ist, bleiben wir hier – es sei denn, wir haben keine andere Wahl."

Ein leichter Kaffeeduft kroch durch das Treppenhaus. Offenbar hatte jemand schon für ein Frühstück gesorgt. Morel wies Dragica auf ein kleines Wohnzimmer nebenan, wo sie sich setzen konnten. Die einfachen Möbel wirkten zusammengewürfelt, aber gemütlich genug, um ein paar Atemzüge Ruhe zu finden.

„Du siehst erschöpft aus", bemerkte er, während Dragica sich auf einen Sessel sinken ließ.

Sie lachte leise, fast bitter. „Ist das so offensichtlich?"

Er erwiderte ihr Lächeln mit ernster Güte. „Ihr seid unter meinem Dach sicher, so gut es eben geht. Ich sehe nicht, dass die Söldner gerade hier auftauchen, aber man weiß nie. Mich würde interessieren: Was ist in diesem Koffer, den ihr so sorgfältig bewacht?"

Dragica wusste nicht, wie viel sie preisgeben sollte. *Doch er hat uns geholfen. Er verdient zumindest eine gewisse Erklärung.* Also atmete sie tief durch und sagte leise: „Wir haben ihn in einer verlassenen Gegend gefunden, vermutlich hinterlassen von Sol Invictus – oder gestohlen und dann ausgesetzt. Darin ist etwas Hochkompliziertes, vielleicht eine Art Datenkern, vielleicht Nanotechnik. Wir sind uns nicht sicher."

Morel schnaubte. „Nanotechnik? Das klingt sehr fortschrittlich. Und gefährlich."

„Vermutlich. Aber es könnte auch unsere Chance sein", fügte Dragica hinzu. „Wenn wir verstehen, was das Zeug kann, haben wir vielleicht einen Vorteil gegen Costa. Sie jagen uns sowieso – mit oder ohne Koffer."

Morel legte den Kopf schräg. „Habt ihr noch Kontakt zu anderen Unterstützern? Außer dieser Nevena?"

„Kaum", murmelte Dragica. „Wir hatten früher ein paar Leute in Barcelona, aber vieles ging bei unserer Flucht unter. Einige könnten längst von Sol Invictus gekauft oder eingeschüchtert sein."

Rémi kam mit zwei dampfenden Tassen Kaffee herein. Dragica nahm eine entgegen, umklammerte das warme Porzellan. *Ein kleiner Luxus inmitten des Sturms.*

„Wenn Santiago in ein, zwei Tagen auf den Beinen ist, könntet ihr euch an einen Ort zurückziehen, der mehr

Ausrüstung hat – vielleicht eine Art Labor", schlug Morel vor. „Ihr wollt doch das Potenzial des Koffers untersuchen, nicht wahr?"

Dragica nickte. „Genau. Wir hatten gehofft, in Avignon oder in der Provence Kontakt zu jemandem zu finden, der uns hilft. Aber dafür brauchen wir Ruhe – oder einen sehr diskreten Ort."

Morel überlegte. „Ich kenne jemanden, der gelegentlich für die Untergrundmedizin arbeitet, ein Bastler, der technische Geräte repariert und umbaut. Er könnte zumindest die Hardware prüfen. Ihr wärt nicht mehr so blind."

Die Idee ließ Dragicas Herz schneller schlagen. *Endlich ein konkreter Ansatz.* „Kannst du das arrangieren?"

„Vielleicht. Er ist vorsichtig. Aber ich kann nachhaken."

Während sie noch sprachen, öffnete sich langsam die Tür, und Santiago trat ins Wohnzimmer – schwankend, mit schmerzverzerrter Miene, aber er ging. Dragica sprang auf, um ihn zu stützen.

„Du solltest noch liegen", rügte sie sanft.

Er lächelte matt. „Ich kann nicht ewig flachliegen. Ich hatte das Bedürfnis, mal ein paar Schritte zu machen."

Morel musterte ihn fachmännisch, während er ihn zu einem Stuhl geleitete. „Überanstreng dich nicht, sonst reißt alles wieder auf."

Santiago nickte und ließ sich in den Stuhl sinken, der neben Dragicas Sessel stand. „Was besprecht ihr?"

Dragica wiederholte, was Morel vorgeschlagen hatte. Sie sah, wie in Santiagos Augen jener forschende Funken aufblitzte, den sie kannte, wenn sein Gehirn in Gang kam.

„Jemand, der uns beim Koffer helfen kann … das wäre enorm hilfreich", sagte Santiago heiser. „Aber wir müssen aufpassen, nicht in eine weitere Falle zu tappen."

Rémi trat näher. „Das ist mir klar. Deshalb knüpft Morel den Kontakt behutsam. Bis wir sicher sind, dass niemand euch überlisten will."

Dragica spürte ein Kribbeln der Unsicherheit. „Und wenn genau das die Spur ist, die Costa oder andere Söldner finden? Jemand, der an Hightech-Geräten arbeitet, könnte auffallen."

Santiago hob die Hand. „Ich denke, wir haben keine bessere Option. Wir brauchen Antworten. Ich …" Er schluckte, rieb sich die Schulter. „…. ich will verstehen, womit wir es zu tun haben. Sonst sind wir ewig nur auf der Flucht."

Er sah Dragica eindringlich an, und sie erwiderte seinen Blick – eine stumme Kommunikation, die sagte: *Wir müssen etwas wagen, sonst bleiben wir gefangen.*

Schließlich nickte sie langsam. „Okay. Aber versprich mir, dass wir nicht überstürzt handeln. Zuerst klären wir, ob wir hier sicher genug sind, bis du besser laufen kannst."

Die nächsten Stunden vergingen ruhiger, als Dragica es gewohnt war. Morel legte Santiago ein leichtes Schmerzmittel an, sodass er ein wenig Kraft sammeln konnte, ohne die ganze Zeit benebelt zu sein. Rémi verschwand immer wieder, um sich „um bestimmte

Vorbereitungen" zu kümmern – vermutlich die Kontaktaufnahme zu Morels Bekannten.

Dragica blieb an Santiagos Seite, half ihm durch die Zimmer, damit er ein paar langsame Schritte gehen konnte. Jeder Schritt kostete ihn sichtlich Überwindung, aber er biss die Zähne zusammen.

„Ich mag nicht nutzlos hier herumliegen", sagte er einmal mit gepresster Stimme. „Dafür ist zu viel auf dem Spiel."

Dragica drückte seine Hand. „Ich weiß. Aber deine Genesung ist genauso wichtig. Ohne dich können wir weder die Formel noch den Koffer retten."

Obwohl die Lage ernst blieb, huschte immer wieder ein scheues Lächeln über ihre Gesichter. Ihr gemeinsamer Moment in der vergangenen Nacht hatte Spuren hinterlassen, eine Nähe, die beide spürten, ohne dass viele Worte nötig waren.

Einmal, während sie ihn durch den Flur stützte, hob Santiago leicht die Stirn und wisperte: „Falls uns wieder eine ruhige Nacht geschenkt wird, sollten wir vielleicht ..."

Da stiegen Dragica sogleich die Röte in die Wangen, und sie legte den Finger an seine Lippen. „Pssst. Erst wirst du wieder gesund. Dann ..."

Er grinste schief, dann keuchte er auf, weil sein Schulterzucken die Wunde reizte. Trotzdem leuchtete in seinen Augen ein Funkeln, das Dragica Hoffnung gab.

Der Tag wich langsam einem milden Abend, und Dragica wusste: *Wenn wir hierbleiben, müssen wir uns auf einen Plan einigen. Wir können nicht ewig hocken.*

Sie saß mit Rémi in der kleinen Küche, während er sich an eine rauchige Suppe machte. „Hast du etwas von Morels Kontakt gehört?" fragte sie.

Rémi nickte und zeigte auf sein Handy. „Er hat zugesagt, euch zu empfangen, sofern ihr unauffällig anreist. Er hat ein altes Anwesen außerhalb der Stadt, wo er Werkstatt und Laborgeräte untergebracht hat. Nicht offiziell, aber gut genug, um an Hightech zu basteln."

„Wann können wir hin?"

„Morgen Abend vielleicht. Dann hat er alles vorbereitet. Und Santiago bekommt noch eine Nacht mehr, um Kräfte zu sammeln."

Ein funkelnder Nervenkitzel durchzuckte Dragica. *Also schreiten wir voran.* „Glaubst du, es ist sicher genug?"

Rémi hob unsicher die Schultern. „Solange niemand ihm folgt ... wir werden euch begleiten, um euch zu schützen. Aber es ist ein Risiko."

Dragica kehrte ins Behandlungszimmer zurück, fand Santiago ruhend auf der Liege, die Augen geschlossen. Trotzdem schien er wach, sein Atem klang aufmerksamer als im Schlaf.

Vorsichtig setzte sie sich, legte eine Hand an seine unverletzte Schulter. „Rémi hat Neuigkeiten: Morgen könnten wir zu diesem Techniker aufbrechen, der uns beim Koffer hilft. Bist du dafür bereit?"

Santiago öffnete die Augen, strich ihr eine Haarsträhne aus dem Gesicht. „So bereit, wie ich sein kann. Besser, wir handeln, bevor die Söldner uns aufspüren."

Ein leises Lächeln zupfte an Dragicas Lippen. „Gut. Dann ruh dich für heute weiter aus. Morgen wartet das nächste Abenteuer."

Er seufzte, wobei ein Anflug von Besorgnis in seinem Gesicht lag. „Hoffen wir, dass es kein blutiges Ende nimmt. Ich war schon zu oft kurz davor."

Sie beugte sich vor und küsste ihn sanft auf die Stirn. „Wir schaffen das. Wir haben schon schlimmere Momente überlebt – erinnre dich."

Eine Weile hielten sie inne, sahen einander in die Augen. *Ein Band, das mehr sagt als jede Planung, jeder Fluchtweg. Etwas, das beide antreibt.*

Als die Sonne draußen hinter den Hügeln versank, nahm Dragica seine Hand. Beide spürten die Nähe, die sie vor einigen Stunden so leidenschaftlich geteilt hatten – und die nun in stiller Vertrautheit ruhte.

Sie wusste, dass wieder ein Sturm bevorstehen konnte. Doch in diesem Augenblick gab es nur Santiagos ruhiges Atmen und ein Zwielicht, das den Raum in sanfte Konturen tauchte.

„Morgen geht es weiter", flüsterte sie. „Und eines Tages finden wir wirklich Frieden."

Santiago drückte ihre Hand schwach. „Mit dir überall. Selbst wenn uns noch hundert Steine im Weg liegen."

Und so verrannen die letzten Minuten des Tages in einer stillen Zuversicht. Keine Schüsse, keine Verfolgung – nur zwei Menschen, vereint in einem Kampf, der sie schon so oft an den Rand gebracht hatte, aber ihnen auch die Stärke verlieh, immer weiterzumachen.

Kapitel 22

\-

Ein riskanter Aufbruch

Der Morgen graute, und die kleine Stadt wirkte in den ersten Sonnenstrahlen beinahe friedlich. Doch Dragica spürte, wie die Unruhe in ihr wuchs. *Heute werden wir aufbrechen – mit Santiago, der kaum stehen kann.* Pierre Morel bereitete in der Küche ein schlichtes Frühstück vor; Rémi suchte bereits alle notwendigen Utensilien zusammen, um den Transport zu arrangieren.

Dragica half Santiago beim Anziehen. Er konnte zwar einen Arm kaum bewegen, aber er biss die Zähne zusammen und ließ sich von ihr stützen. Dabei spannte er die Kiefermuskeln an, und ein kurzer Zorn über seine eigene Schwäche flackerte in seinen Augen auf.

„Hey", flüsterte Dragica, als sie ihm beim Verschließen des Hemdes half. „Mach dir keinen Kopf. Ich bin da."

Er rang sich ein Lächeln ab. „Ich weiß. Nur … es fühlt sich an, als wären wir mitten in einer Mission, für die ich nicht fit genug bin."

Sie erwiderte seinen Blick mit ruhiger Entschlossenheit. „Du musst nicht kämpfen. Wir wollen nur mit diesem Techniker sprechen. Ein paar Untersuchungen, ein paar Antworten – und dann hoffentlich zurück, bevor irgendwer Verdacht schöpft."

Im Flur wartete Rémi, der sich bereits eine dünne Jacke übergezogen hatte. „Wir haben einen Kleinwagen organisiert, einen alten Citroën. Nichts Auffälliges. Ich fahre, ihr beide könnt euch auf der Rückbank ausruhen."

Pierre Morel trat hinzu. „Die Gegend ist nicht groß. Wenn irgendwelche Fremden herumschleichen, erfahren wir es schnell. Aber seid bitte wachsam: Costa könnte Leute überall haben. Wenn ihr etwas Komisches seht, wendet um. Flieht."

Dragica nickte ernst. „Danke für alles. Und ... falls wir uns nicht mehr sehen, weil irgendwas dazwischenkommt ... danke, dass du Santiago gerettet hast."

Morel drückte ihre Hand, fast väterlich. „Kein Wort mehr. Wir sind froh, helfen zu können. Und kommt heil zurück, ja?"

Sie beschlossen, nicht zu warten, bis das Dorf richtig belebt war. Vor Sonnenaufgang, in den blau-grauen Schatten, machten sie sich auf den Weg. Der alte Citroën wartete vor Morels Anwesen, halb verborgen hinter einer Mauer.

Dragica unterstützte Santiago beim Einsteigen. Er verzog das Gesicht vor Schmerz, doch als er auf der Rückbank Platz genommen hatte, nickte er knapp. Rémi verstaute schnell den Metallkoffer, umhüllt von einer Decke, im Kofferraum. Danach griff er sich den Behälter mit der stabilisierten Gen-Formel und hievte ihn vorsichtig daneben.

„Alles verstaut", sagte er leise. „Ich hoffe, wir brauchen das Ding unterwegs nicht."

Dragica setzte sich zu Santiago, ließ Rémi vorne den Fahrersitz einnehmen. Ein letzter Blick zurück zum

Haus, wo Morel in der Tür stand und ihnen hinterherwinkte. *Danke.*

Dann sprang der Motor an. Mit gedämpftem Rattern rollte der Citroën los, bog in die schmale Gasse ein und verschwand kurz darauf aus dem Blickfeld der sicheren Zuflucht.

Sie fuhren durch die noch stille Ortschaft, vorbei an Häusern mit geschlossenen Fensterläden, vorbei an einer kleinen Kirche, in deren Nische eine Madonna-Statue stand. Dragica bemerkte, wie ihr Herz schneller schlug. *In den letzten Tagen waren wir so oft kurz vor einer Entdeckung. Hoffentlich klappt diesmal alles.*

Santiago saß schräg neben ihr, den Kopf leicht ans Seitenfenster gelehnt. Sein Atem war konzentriert, die Stirn in Falten. Ab und zu huschte sein Blick zu ihr, und ihr wurde bewusst, wie sehr sie einander vertrauten – ein stiller Bund, der schon so viel ausgehalten hatte.

Rémi lenkte den Wagen auf eine Landstraße, die sich durch Olivenhaine und Weingärten schlängelte. Das erste Licht des Tages färbte den Horizont in Pastelltönen, ein fast malerisches Bild. Doch in Dragicas Gedanken gab es keinen Platz für Schönheit. *Eine Mission. Ein Ziel.*

Nach einer halben Stunde Fahrt erreichten sie eine Nebenstrecke, die Rémi laut seiner Wegbeschreibung nehmen wollte. Der Asphalt war holprig, der Wagen ruckelte, und Dragica spürte Santiagos Zucken, wenn die Federung zu hart durchschlug.

„Tut mir leid", murmelte Rémi. „Wir sind gleich da. Sieh mal da vorne – das Tor mit dem rostigen Schild."

Die Einfahrt führte zu einem umzäunten Grundstück, das von hohen Bäumen gesäumt war. Ein Stahlgatter versperrte den Weg, doch ein zweites, kleineres Seitentor stand offen. Rémi fuhr in die Einfahrt, bis sie einen Hof erreichten, in dem sich ein verwittertes Haupthaus und mehrere Nebengebäude befanden.

„So, wir sind da", sagte er, zog die Handbremse an und atmete tief durch. „Hier wohnt ‚Gaspard', unser Techniker. Ich rufe mal an."

Während Rémi sein Handy zückte, blieb Dragica im Wagen, behielt die Umgebung im Auge. Kein Zaun war zu sehen, keine Kameras. Nur ein alter Brunnen, ein paar wild wuchernde Sträucher und das große Haupthaus mit Schutters vor den Fenstern.

Kurz darauf flog eine der Fensterläden auf, und ein Mann mit buschigem Bart lugte heraus. Rémi winkte, redete laut etwas auf Französisch. Der Mann nickte und verschwand – keine halbe Minute später öffnete sich eine Seitentür am Haupthaus, und er trat hinaus.

Dragica stieg aus, half Santiago vorsichtig. Langsam gingen sie dem Mann entgegen, der in einfacher Arbeitskleidung steckte und ein wachsames Funkeln in den Augen hatte.

„Salut", sagte er, klang dabei aber reserviert. Rémi stellte alle vor: „Das ist Gaspard, unser Spezialist. Und das sind Dragica und Santiago – sie haben etwas, das du dir anschauen musst."

Gaspard nickte knapp, ließ den Blick kurz über Santiago schweifen. Wahrscheinlich bemerkte er den Verband unterm Hemd. „Kommt rein. Ich habe einen Raum vorbereitet, wo wir ungestört sind."

Sie folgten ihm durch eine seitliche Tür in ein Nebengebäude, das innen erstaunlich modern wirkte: Kabel hingen an den Wänden, auf einem Arbeitstisch standen Computerteile, Lötstationen und diverse Geräte, die Dragica nicht kannte. Ein streng riechender Kaffee dampfte in einer Tasse.

„Ich arbeite hier an Elektronik, repariere oder modifiziere, was man mir so bringt", erklärte Gaspard beiläufig. Er zeigte auf einen schmalen Metalltisch. „Da könnt ihr eure Sachen ablegen. Dann sehen wir mal, was wir haben."

Rémi holte zuerst den Metallkoffer, immer noch in die Decke eingeschlagen. Gaspard verzog keine Miene, doch Dragica meinte, ein Leuchten in seinen Augen zu sehen, als er das inoffizielle Hightech-Gehäuse erblickte.

„Das also ist euer Geheimnis", murmelte er, während er die Decke abzog. „Kann ich fragen, woher ihr das habt?"

Dragica erwiderte kühl: „Gefunden, im Wald, nach einem Schusswechsel. Wahrscheinlich gehört es Sol Invictus oder jemandem, der sie bestohlen hat."

Gaspard zog die Augenbrauen hoch. „Sol Invictus … ernsthaft? Dann sollten wir das Ding nicht zu lange hierbehalten. Aber gut. Ich schaue, was machbar ist."

Mit geübten Handgriffen öffnete Gaspard das bereits demolierte Schloss und klappte den Koffer auf. Er musterte die blinkenden Platinen und den Glaszylinder. Seine Stirn bildete tiefe Falten, während er vorsichtig an einer Linse drehte, ein Kabel hochhob und eine Lampe darauf richtete.

„Spezielle Legierung", murmelte er. „Kein Standardmetall. Könnte Titan mit einer Nano-Beschichtung sein. Die Elektronik sieht aus, als hätte sie mehrere Prozessoren, die parallel arbeiten. Komprimierte Datenpakete?"

Er warf Dragica und Santiago einen fragenden Blick zu. „Ihr habt keine Ahnung, was genau da drin ist, oder?"

Santiago, der schwankend neben Dragica stand, raunte: „Vermutlich eine Art Biotech, eine Flüssigkeit mit nanotechnischen Elementen. Aber wir wissen nicht, welches Ziel es hat oder wie man sie ausliest."

Gaspard nickte, dann schlug er ein kleines Gerät an und hielt es an den Zylinder. „Ein Spektrum-Scanner, vielleicht bekommen wir so ein paar Basiswerte ..."

Dragica hielt die Luft an, während das Gerät zu fiepen begann. Sekundenlang passierte nichts, doch dann blinkte ein rotes Licht, und Gaspard zog verwundert die Stirn kraus.

„Seltsam. Die Flüssigkeit reagiert nicht wie ein gängiges chemisches Medium. Irgendetwas stört den Scan – könnte verschlüsselt sein, in einem biologischen Sinn."

Santiago sackte plötzlich in den Knien ein Stück weg, sodass Dragica ihn stützen musste. Sie führte ihn zu einem Stuhl. Sein Gesicht war schweißnass. *Zu viel Anstrengung.*

„Setz dich", befahl sie sanft, während Gaspard immer noch über dem Koffer hockte.

„Wir haben Zeit", sagte Rémi. „Drängt euch keiner?"

Doch Dragica spürte eine Unruhe in sich gären. *Was, wenn wir hier entdeckt werden? Gaspard braucht sicher länger als ein paar Minuten, um dem Koffer sein Geheimnis zu entlocken.*

Gaspard drehte sich zu ihnen um. „Ich kann versuchen, den Datenträger, der hier anscheinend verbaut ist, mit einer Art eigener Schnittstelle auszulesen. Aber das dauert. Und ich brauche spezielles Equipment, das ich nicht unbedingt hier habe."

„Wo ist es dann?" fragte Dragica.

Er zuckte mit den Schultern. „In meiner Werkstatt in der Stadt. Aber die kann man nicht so einfach besuchen, ohne gesehen zu werden. Außerdem ist das Equipment nicht legal."

Dragica kaute auf ihrer Lippe herum. *Wieder ein Risiko.* „Wenn du es hier nicht öffnen kannst, wird es unvollständig bleiben. Wir brauchen Gewissheit, wozu diese Flüssigkeit dient."

Santiago, der sich etwas gefangen hatte, warf ein: „Wenn wir wissen, welche Daten oder Funktionen das Zeug hat, könnte das den Schlüssel liefern, um Costa zu stoppen."

Gaspard stützte sich auf die Knie. „Wir könnten das Gerät stückweise ausbauen, aber das ist hochriskant. Schon eine kleine Fehljustierung könnte die Daten löschen oder die Nanoflüssigkeit zerstören. Wenn sie ausläuft, weiß niemand, was für ein Zeug wir einatmen."

Eine düstere Ruhe legte sich über den Raum. Alle waren sich bewusst: Der nächste Schritt konnte entscheidend sein – entweder ein Durchbruch oder eine Katastrophe.

Plötzlich hörten sie in der Ferne ein Fahrzeug, das sich dem Anwesen näherte. Der Motor klang schwer und brummend. Rémi zuckte zusammen, blickte durchs Fenster.

„Ich sehe nichts", flüsterte er.

Dragica stand auf, das Herz in Alarmbereitschaft. „Könnten es Söldner sein? Oder nur ein Lieferant?"

Gaspard warf ihnen einen ernsten Blick zu. „Hierher verirren sich selten Leute. Kann auch ein Nachbar sein. Aber seid besser auf der Hut."

Sie alle erstarrten für einen Moment, horchten, doch der Motor entfernte sich wieder, verschwand irgendwo auf der Landstraße. *Falscher Alarm*, dachte Dragica. Aber in ihr keimte ein ungutes Gefühl: *Wir sind nicht unsichtbar.*

Gaspard wandte sich zurück zum Koffer. „Gebt mir ein paar Stunden, um all das zu dokumentieren. Ich mache Fotos, Messtests, alles, was ich hier kann. Dann könnte ich vielleicht eine Art mobiles Interface basteln. Einen Prototyp, mit dem man das Ding ansteuern kann. Aber das braucht Zeit."

Er sah Santiago an. „Und ihr müsst solange hier oder in der Nähe bleiben. Ich kann's nicht allein erledigen."

Dragica wechselte einen Blick mit Rémi, dann nickte sie. *Es ist riskant, aber wir haben keine Wahl.* „Wir bleiben. Aber wir müssen unauffällig bleiben. Verriegel die Tore, schließ alles ab, damit nicht jeder reinmarschieren kann."

Gaspard grinste schief. „Vertrau mir, ich bin misstrauisch genug. Hier kommt so leicht keiner rein."

Santiago wollte etwas sagen, doch ein Anflug von Schwindel ließ ihn verstummen. Dragica hockte sich neben ihn, legte ihm eine Hand auf die Stirn: warm, aber kein Fieber. *Noch schafft er es.*

In den folgenden Stunden hörte man nur das Klappern von Werkzeug, das Summen eines Lötgeräts, das Ticken von Messinstrumenten. Gaspard arbeitete konzentriert, ab und an rief er Rémi zu, damit dieser ihm ein spezielles Kabel oder eine weitere Linse brachte.

Dragica hielt sich bei Santiago auf, der auf einem alten Sofa ruhte und versuchte, wach zu bleiben, falls Gaspard Fragen hatte. Doch die Erschöpfung forderte ihren Tribut, immer wieder fielen ihm die Augen zu.

„Hast du schon etwas herausgefunden?" fragte Dragica mehrmals, doch Gaspard brummte nur: „Noch zu früh. Ich sammel erst Daten."

Die Zeit zog sich. Draußen stand die Sonne hoch am Himmel, warf hitzige Strahlen in den Hof. Drinnen mischte sich der Metallgeruch mit leichtem Schweißgeruch, während Gaspard nicht aufhörte, den Koffer aus verschiedenen Winkeln zu untersuchen.

Gegen Spätnachmittag kam er schließlich zu Dragica und Santiago, wischte sich mit einem Tuch die Stirn ab. „Ich habe ein paar interessante Signale entdeckt. Diese Flüssigkeit scheint wie ein lebendes Medium zu sein, das elektrische Impulse speichert – oder zumindest moduliert. Eine Art biologischer Datenträger, den man vielleicht mit einer Gen-Struktur koppeln kann. Könnte das zu eurer Formel passen?"

Santiago richtete sich auf, sein Gesicht hellte sich eine Spur auf. „Ja, vielleicht. Wenn es dazu gedacht ist,

Informationen an genetisch veränderte Zellen zu übertragen, wäre das ein perfektes Kontrollinstrument – oder eine Waffe. Das könnte erklären, warum Costa es jagt."

Dragica spürte ein Kribbeln, das hoffnungsvoll und furchteinflößend zugleich war. *Wir sind nahe an etwas Großem.*

„Also, was jetzt?" fragte sie Gaspard.

Er wippte mit dem Fuß. „Ich versuche, ein Interface zu bauen. Gebt mir Zeit bis morgen früh. Dann weiß ich mehr."

Der Abend senkte sich über das Anwesen, und sie aßen hastig eine kalte Mahlzeit. Dragica merkte an der Stimmung, wie angespannt alle waren – jeder Laut draußen ließ sie zusammenfahren, und Santiago wirkte nervös, weil er nicht viel helfen konnte.

Nachdem Gaspard weiter an seinem Prototypen tüftelte, zogen Dragica und Santiago sich kurz in eine Ecke zurück. Er stützte sich an einer Wand, sah sie an. „Hoffentlich platzt uns das Ding nicht um die Ohren", murmelte er.

Sie legte ihm die Hand an die Wange. „Wir sind nah dran. Bald wissen wir, wofür Sol Invictus dieses Zeug wirklich braucht. Und dann können wir die nächsten Schritte planen."

Er beugte sich leicht vor, hauchte einen kurzen Kuss auf ihre Lippen – zart, fast verloren. „Solange wir es zusammen tun", flüsterte er.

Dragica schloss einen Moment die Augen, spürte seine Nähe, roch seinen Körper, der trotz Schmerzen und

Strapazen ihr immer noch Halt gab. *Wir haben keine Garantie, nur ein gemeinsames Ziel.*

Morgen früh würde Gaspard sein Interface fertigstellen. Und dann würde sich entscheiden, ob sie den Schlüssel in Händen hielten, mit dem sie Costa wirklich entgegentreten konnten – oder ob sie ein neues Desaster lostraten.

So blieben sie für einen kurzen, stillen Moment in dieser Umarmung, während in Gaspards Werkstatt das Summen der Apparate die baldige Offenbarung ankündigte.

Kapitel 24

-

Das Flüstern der Offenbarung

Die Dämmerung verwandelte sich in tiefe Nacht, während Gaspard in seiner Werkstatt unermüdlich an dem improvisierten Interface tüftelte. Dragica, Santiago und Rémi hielten sich in einem benachbarten Raum auf, wo sich die Funken seiner Lötarbeiten und das gleichmäßige Surren der Maschinen nur gedämpft bemerkbar machten.

Dragica wagte kaum zu atmen, wenn sie Gaspard über die Schulter spähte. Ab und zu rief er sie heran, zeigte ein verkabeltes Modul und erklärte knapp, dass es ein Übersetzungs- oder Entschlüsselungsstück sei. Sie verstand nur Bruchstücke, aber begriff, dass es einen Durchbruch bedeuten konnte – oder eine Katastrophe, wenn auch nur ein kleiner Fehler passierte.

Santiago folgte den Ereignissen, soweit er wach war. Noch immer war er blass und angeschlagen, doch er verbiss den Schmerz. Sein Forscherdrang überwand die Müdigkeit: *Vielleicht können wir endlich herausfinden, wozu die Flüssigkeit in dem Koffer wirklich dient.*

Gegen Mitternacht schlich Rémi von Fenster zu Fenster, zog immer wieder Vorhänge dicht und überprüfte, ob jemand in der Nähe lauern könnte. Er hatte eine Ahnung, dass der Feind möglicherweise näher war, als sie hofften.

„Die Landstraße ist leer,“ flüsterte er irgendwann. „Aber wir sollten wachsam sein. Wenn Costa Leute losschickt, bleiben sie nicht für immer in der Stadt oder den Bergen.“

Dragica warf ihm einen nachdenklichen Blick zu. „Unsere Zeit läuft ab, nicht wahr?“

„Wir dürfen hoffen, dass sie ein falsches Ziel verfolgen,“ meinte Rémi. „Doch jede Minute kann alles kippen.“

Später in der Nacht, während Gaspard in die letzte Feinanpassung ging, fiel Santiago wieder in einen leichten Halbschlaf. Dragica wachte an seiner Seite. Ihre Hand lag auf seiner gesunden Schulter, zart, um ihm Kraft zu spenden.

„Halte durch,“ sagte sie leise, obwohl sie wusste, dass er sie kaum hörte. Sie spürte sein Herz, das ungleichmäßig schlug, doch jeder Atemzug erinnerte sie an alles, was sie durchgemacht hatten. *Wir sind beinahe am Ziel – bitte kein Scheitern jetzt.*

Kurz vor Morgengrauen rief Gaspard schließlich: „Kommt! Ich glaube, ich kann ein Signal aus dem Koffer ziehen!“

Santiago schreckte auf, Dragica stützte ihn, und gemeinsam traten sie an den Arbeitstisch. Auf einem kleinen Monitor flackerte eine Reihe von Symbolen und Zahlen. Gaspard hatte einen Chip mit Kabeln an das Innere des Koffers angeschlossen, das bernsteinfarbene Medium pulsierte leicht, als würde es elektronisch stimuliert.

„Seht ihr das?“ Gaspard war voller Nervenkitzel. „Irgendeine Art verschlüsselter Datensequenz. Wenn wir

Glück haben, deutet das auf ein biologisches Protokoll hin. Könnte ein Bauplan sein. Oder ..."

Santiago, die Stirn in Schweiß, beugte sich vor. „...oder ein Kontrollprogramm für genetische Strukturen," sagte er heiser. „Das wäre genau das, was Costa wollte: Um die Gen-Formel zu manipulieren oder Menschen zu lenken."

Für einen Atemzug war der Raum erfüllt von einer angespannten Ehrfurcht. *Wenn das wahr ist, hält Sol Invictus das Mittel in der Hand, die Menschheit zu transformieren – oder zu versklaven.*

Gaspard hämmerte auf die Tastatur eines alten Laptops, rief Codefragmente auf. „Ihr seht, das hier könnte eine Art Schlüsselsequenz sein. Ich kann nicht sagen, was sie bewirkt – nur, dass sie auf bestimmte Gene zugreifen kann, wenn man sie einspielt. Und hier ..." Er zoomte auf eine weitere Reihe kryptischer Zeichen. „...hier steckt offenbar ein Befehlssatz, der dem Träger – oder wem auch immer – Anweisungen vermittelt. Ein Mix aus Biochemie und Technologie."

Ein Schauder durchzog Dragica. „Das klingt schrecklich mächtig."

Santiago nickte düster. „Sie könnten Leute infizieren, manipulieren oder ganze Populationen ‚umschreiben'. Das ist ... ungeheuerlich."

Gerade als sie den Code weiter studieren wollten, erstarb das Summen der Geräte. Ein kurzes Flackern – die Lampen gingen aus. Dunkelheit füllte das Nebengebäude.

„Stromausfall?" fragte Dragica unruhig.

„Oder jemand hat den Strom gekappt," knurrte Gaspard.

In der Finsternis schlugen Herzschläge schneller. Rémi leuchtete mit seinem Handy und eilte zu einem Sicherungskasten. Doch als er ihn öffnete, war die Hauptsicherung unbeschadet.

Dragica zog ihre Waffe, ihr Körper vibrierte vor Anspannung. *Sind wir enttarnt?*

Santiago, der sich mit Mühe hielt, flüsterte: „Costa ...?"

Ein stumpfes Hämmern ertönte von der Vordertür, gefolgt von angespannter Stille. *Sind sie schon da?*

Kapitel 25

-

Schatten vor der Tür

„In Deckung!" rief Dragica fast lautlos, während sie das Adrenalin in ihren Adern spürte. Gaspard zog den Koffer vom Tisch, schleppte ihn mitsamt der provisorischen Verkabelung in eine dunkle Ecke. Rémi warf hastig ein Tuch über das flackernde Laptopdisplay.

Santiago lehnte an Dragica, zitterte leicht vor Schmerz. *Er ist nicht kampffähig,* dachte sie verzweifelt. *Wir müssen still bleiben.*

Dann – nichts. Keine weiteren Geräusche, kein gewaltsames Eindringen. Nur das Flackern der Handylampe, in der Gaspards Gesicht wächsern wirkte.

Rémi wagte einen Schritt zur Tür. „Ich schau nach. Bleibt ruhig."

Gespannte Sekunden zerrannen zu Ewigkeiten. Dragica hörte ihren eigenen Puls dröhnen. Schließlich kam Rémi zurück und öffnete vorsichtig die Werkstatttür einen Spalt.

„Niemand da," hauchte er. „Aber die Stromversorgung draußen scheint manipuliert. Jemand hat ein Kabel gekappt – ich hab Spuren gesehen."

Ein unangenehmes Kribbeln durchlief Dragicas Nacken. *Also war jemand hier und ist verschwunden?*

Gaspard biss die Zähne zusammen. „Sind wir schon aufgespürt worden? Oder war das ein Warnsignal?"

Santiago schloss kurz die Augen, atmete flach. „Vielleicht will man uns Angst machen, uns zur Flucht zwingen. Oder sie brauchen Zeit, um zu warten, bis wir rauskommen."

Nach eifriger Beratung fassten sie einen schnell improvisierten Plan. *Im Dunkeln waren sie blind. Sie konnten nicht wissen, wie viele Leute das Gelände umstellten.*

„Wir bleiben still," sagte Dragica fest. „Kein Licht, kein Motorengeräusch. Vielleicht verschwinden sie wieder, wenn sie merken, dass wir nicht panisch rauslaufen."

Gaspard nickte, sichtlich zähneknirschend. „Ich hasse es, wenn andere mein Heim belagern. Aber gut, wir warten. Wenn nichts passiert, können wir den Schaden am Strom später reparieren."

Rémi zog eine Pistole unter seiner Jacke hervor, überprüfte sie. *Offenbar war er doch bewaffnet.* Er gab Dragica ein knappes Nicken, und sie verstand: *Im Notfall kämpfen wir.*

Sie hielten sich in einem hinteren Raum der Werkstatt auf, halb verdeckt von Regalen und Kisten. Der Metallkoffer ruhte zwischen Kabeln am Boden, das kleine Interface in den Stand-by-Modus versetzt. Nur die Reflexion des Handylichts zeigte gelegentlich, wo er lag.

Santiago setzte sich auf den Boden, den Rücken an die Wand gelehnt. Dragica blieb bei ihm, während Rémi und Gaspard vor der Tür lauerten, Ohren gespitzt.

Minuten dehnten sich zu einer schier endlosen Stunde. Kein weiteres Geräusch war zu hören, kein Klirren, kein anrückendes Fahrzeug. Der Nachtwind strich über das Anwesen, ließ die Äste draußen rascheln.

Leise legte Dragica ihre Hand auf Santiagos Knie, die Waffe griffbereit in der anderen. „Wenn sie hier wären, hätten sie längst angegriffen", flüsterte sie.

Er neigte den Kopf, seine Augen im fahlen Schein geschärft. „Vielleicht beobachten sie uns. Oder sie haben einen Peilsender gesetzt. Wir wissen nicht, wer es war."

Für einen kurzen Moment suchte ihr Blick den seinen, und sie spürte dieselbe Entschlossenheit wie in den vielen brenzligen Situationen zuvor. *Wir gehen nicht kampflos unter.*

Gaspard und Rémi schauten vorsichtig in den Hof. Die Nacht neigte sich dem Ende zu, ein schmaler Streifen Grau zeichnete sich am Horizont ab. *Noch immer kein sichtbarer Feind.*

„Ich versuche, den Strom wieder anzuklemmen," sagte Gaspard schließlich und verschwand kurz mit Rémi im Dunkel. Nach einigem Rascheln und Fluchen flackerte tatsächlich nach ein paar Minuten das Licht zurück.

Keuchend kam Gaspard zurück. „Kabel war durchschnitten. Wir haben's provisorisch geflickt. Entweder sie wollten uns drohen – oder wir haben es mit einem Einzeltäter zu tun."

Wieder summte die Werkstattbeleuchtung, und das Interface am Koffer erwachte. Gaspard überprüfte ein

letztes Mal die Daten – ja, der Code war noch da.
Vielmehr würden sie heute nicht analysieren können.

„Ihr habt gesehen, was wir ausgelesen haben," sagte er
rau. „Das, was im Zylinder liegt, könnte eine Waffe sein –
oder ein Werkzeug zur völligen Veränderung von
Organismen. Ich habe nur einen Bruchteil verstanden,
aber es reicht, um zu wissen: Das ist brandgefährlich."

Santiago schluckte, die Augen wurden feucht. „Wenn
Sol Invictus das an sich reißt, können sie unsere Gen-
Formel auf globaler Ebene missbrauchen. Sie könnten
jeden ‚umschreiben', wie sie wollen."

Dragica ballte eine Faust. „Das dürfen wir nicht
zulassen. Irgendwie müssen wir … dieses Wissen
einsetzen, um Sol Invictus zu stoppen. Oder es
vernichten."

Aus dem Augenwinkel bemerkte sie, wie Santiago
schwankte. Sie stützte ihn reflexartig. *Wie lange hält er
noch durch?*

Er atmete flach. „Wir müssen uns entscheiden:
Vernichten wir den Koffer, oder behalten wir ihn, um ein
Ass im Ärmel zu haben?"

Eine unheilvolle Stille legte sich über den Raum. Rémi
wirkte bleich. *So viel Macht in so fragilem Gerät.*

Gaspard räusperte sich. „Ich schlage vor, wir
verschließen es wieder und verschwinden von hier.
Diese Nacht hat gezeigt, dass wir nicht sicher sind. Wir
brauchen mehr Verbündete, wenn wir uns offen stellen."

Dragica sah Santiago an – sein Blick brannte. *Wir können
nicht mehr nur fliehen. Doch wir sind zu schwach für
eine direkte Konfrontation.*

„Dann packen wir es zusammen," entschied sie. „Kehren zu Morel zurück, regenerieren uns, suchen Nevena auf. Und dann … schmieden wir einen Plan gegen Costa und Sol Invictus. Ein für alle Mal."

Während die Morgendämmerung das Grau des Himmels in milde Orangetöne tauchte, packte Gaspard seine Sachen. Er sicherte die Werkstatt, nahm die wichtigsten Ergebnisse auf einem kleinen USB-Stick mit, den er sorgfältig verschloss.

Santiago schleppte sich zum Auto, halb gestützt von Dragica. Sie verstauten den Metallkoffer im Kofferraum, das Interface lose daneben. Gaspard sicherte sie mit einem Riemen, damit nichts polterte.

„Wohin jetzt?" fragte Rémi, die Zündschlüssel in der Hand.

Dragica atmete durch. „Zurück zu Morel, erstmal. Dann überlegen wir, wie wir Nevena oder andere Kontakte einschalten. Wir wissen genug, um zu handeln – aber noch nicht, wie."

Ein kurzes Nicken ging durch die Runde. Dann sprang der Citroën an, und sie rollten erneut vom Hof, den Motor bewusst leise, als fürchteten sie, jeder Klang könne Feinde anlocken.

Hinter ihnen blieb ein Anwesen zurück, das ringsum in Stille lag – doch irgendwo, in den Büschen oder auf der Landstraße, konnte ein Fremder lauern. *Oder dieser Jemand hat sein Ziel bereits erreicht.*

Kapitel 26

-

Mehr als eine Flucht

Der Vormittag war bereits fortgeschritten, als sie Gaspards Anwesen hinter sich ließen. Die Sonne brannte auf die Felder, und im Citroën herrschte eine fast fiebrige Stimmung. Santiago hatte die Augen geschlossen, sein Kopf ruhte an Dragicas Schulter.

Vor dem Haus, das Pierre Morel als verstecktes Lazarett nutzte, stoppte der Wagen. Morel kam ihnen entgegen, die Miene ernst, als er Santiagos Zustand sah. „Bringt ihn rein, schnell."

Dragica half ihm. Während Morel Santiago in ein Zimmer führte, packten Gaspard und Rémi den Metallkoffer und das Interface in Morels sicheren Keller. Dort lagerten bereits einige Kisten mit Medikamenten. *Dieser Ort war ihnen bereits vertraut – ein Ort, an dem Schicksale sich mischten.*

Schließlich saßen alle in Morels kleinem Wohnzimmer – Dragica, Santiago (blass, aber wach), Rémi, Gaspard und der Doktor selbst. Draußen schlug eine Turmuhr, das Dröhnen hallte durch die Gassen.

Gaspard erklärte knapp, was er herausgefunden hatte: *Ein biologisch-codiertes Programm, das ein Genom nicht nur speichert, sondern auch manipuliert.* Und dazu eine Backup-Funktion, als wolle jemand eine ganze Datenbank an DNA-Profilen darin unterbringen.

Santiago bestätigte mit heiserer Stimme: „Das passt zur Idee, dass unsere Gen-Formel – einst entwickelt, um die Menschheit zu verbessern – nun in den Händen von Sol Invictus zu einem totalen Kontrollinstrument verkommen könnte."

Ein harter Zug um Dragicas Lippen. „Also steht uns ein Kampf bevor. Wir können den Koffer nutzen, um gegen Costa vorzugehen, oder ihn zerstören, damit sie es nie in die Finger bekommt. Beides ist riskant."

Morel hob die Hand. „Vielleicht solltet ihr erst stärker werden, euch neu formieren und Kontakt zu verlässlichen Leuten aufnehmen. Nevena und andere Verbündete. Allein könnt ihr diesen Krieg nicht führen."

Rémi stimmte zu. „Ihr könnt den Koffer hierlassen, in meinem Keller – wenn ihr Vertrauen habt. Nur solange ihr unentschieden seid, darf Sol Invictus ihn nicht kriegen. Ihr aber braucht Zeit und Verbündete, um eine strategische Entscheidung zu treffen."

Santiago seufzte, rieb sich die schmerzende Schulter. *Die Vernunft sagt Ja.*

Dragica suchte seinen Blick, in dem dieselbe Unsicherheit flackerte wie in ihrem. Dann sagte sie: „Wenn wir ihn hierlassen, haben wir weniger Ballast und können unauffälliger handeln. Aber wir müssen sicherstellen, dass er gut versteckt ist."

Gaspard legte einen Datenträger auf den Tisch. „Hier sind die Codefragmente, die wir extrahiert haben. Mit diesem Stick könnte man das System wieder aufrufen – zumindest den Teil, den wir kopiert haben. Der Rest schlummert im Koffer. Nehmt den Stick mit, zur Sicherheit."

Ein Moment der Stille – alle schienen die Lage zu begreifen. Kein finaler Sieg lag in Reichweite, aber sie hatten etwas Elementares: *Wissen.*

„Ihr könnt hier eine Weile bleiben, bis Santiago kräftiger ist," bot Morel an. „Ich habe keine Lust, euch nach all den Strapazen wieder halbtot weiterschicken zu müssen."

Santiago und Dragica wechselten einen stummen Blick. Die Anziehung, die zwischen ihnen wuchs, war mehr als nur Leidenschaft – es war das Vertrauen, in einer Welt voller Lügen etwas Reines gefunden zu haben.

Endlich sagte Santiago mit belegter Stimme: „Ja, wir bleiben kurz. Dann … suchen wir Nevena. Und wenn die Zeit reif ist, werden wir diese Technologie entweder vernichten oder – falls es sicherer ist – als Trumpf nutzen."

Später, als Gaspard und Rémi sich auf den Rückweg zu Gaspards Anwesen machten, standen Dragica und Santiago kurz an der Tür. Der Morgenwind spielte mit Dragicas Haar. Sie drückte Gaspard noch einmal die Hand.

„Danke," sagte sie schlicht. „Ohne dich wüssten wir immer noch nichts."

Er zuckte die Achseln, ein müdes Lächeln auf den Lippen. „Pass auf dich auf. Wenn du mehr brauchst, melde dich. Ich bleibe wachsam."

Sie nickte, dann wandte sie sich ab und ging zurück zu Santiago, der wartete.

Santiago ruhte auf einer alten Couch, den Arm
verbunden. Seine Augen suchten Dragicas, als sie sich
zu ihm setzte und ihre Finger sich verflochten.

„Also haben wir die Spur zu einer schrecklichen Macht,
die in diesem Koffer ruht," sagte sie leise. „Und wir
wissen, dass Costa uns jagen wird, wenn sie es erfährt."

Er hob leicht die Schultern, verzog dabei das Gesicht vor
Schmerz. „Aber wir sind nicht wehrlos. Wir haben
Freunde. Und wir wissen, was gespielt wird."

Sie neigte sich vor, hauchte einen Kuss auf seine Lippen.
„Zusammen, ja?"

Ein zartes Lächeln streifte sein Gesicht. „Zusammen,"
flüsterte er.

Während die Sonne sich höher erhob, huschten
Menschen durch die Straßen, unwissend, dass in einem
unscheinbaren Haus ein Kampf um die Zukunft der
Menschheit seinen Vorlauf nahm.

Dragica half Santiago aufzustehen, damit er sich ein
wenig bewegte. Ihre Gedanken kreisten um den
nächsten Schritt: *Nevena kontaktieren, Kräfte sammeln,
demnächst wieder in die Offensive gehen.*

Ein teilweiser Frieden lag in der Luft – doch sie wusste,
es war nur eine Atempause. *Sol Invictus wird nicht
ruhen, bis sie den Koffer haben. Wir müssen schneller
sein.*

Später am Tag trat Dragica vor das Haus. Die Gassen
wirkten ruhig, von keiner drohenden Gefahr gezeichnet.
In der Ferne glitzerte das Sonnenlicht auf einem rissigen
Ziegeldach. Ein Vogel zog vorbei, seine Silhouette
zeichnete einen Bogen am Himmel.

Sie fühlte eine Mischung aus Erleichterung und Vorfreude. *Wir haben überlebt. Wir haben neue Antworten. Und wir haben noch viel zu tun.*

Ein Lächeln umspielte ihre Lippen. *Vielleicht ist das nicht das Ende, sondern nur der Anfang von etwas Größerem.*

Drinnen wartete Santiago; sie hörte, wie er ihren Namen rief. Mit einem letzten Blick in die friedliche Gasse drehte sie sich um und verschwand im Halbdunkel des Flurs.

In ihrem Herzen glomm eine leise Hoffnung – dass sie eines Tages nicht mehr flüchten müssten, sondern endlich eine Welt erschaffen könnten, in der niemand sich vor Sol Invictus verbergen musste. Doch bis dahin blieb viel ungetanes Werk.

Und so endete diese Phase ihrer Reise: in einem Zwischenreich, halb Zuflucht, halb Ausgangspunkt für den kommenden Kampf.
Noch gab es keine endgültige Antwort, doch sie waren bereit für das, was sie als Nächstes erwartete.

Fortsetzung folgt...

Inhaltsverzeichnis